远方的西藏

益西旦增·著

西藏人民出版社

图书在版编目（CIP）数据

远方的西藏/益西旦增著.—拉萨：西藏人民出版社，2019.7
ISBN 978-7-223-06178-0

Ⅰ.①远… Ⅱ.①益… Ⅲ.①散文集—中国—当代 Ⅳ.①I267

中国版本图书馆CIP数据核字（2019）第006912号

远方的西藏

编　　著	益西旦增
责任编辑	梁国春
封面设计	格　次
版式设计	久美然不旦
出版发行	西藏人民出版社（拉萨市林廓北路20号）
印　　刷	拉萨金典印务有限公司
开　　本	787×960　1/16
印　　张	6.875
字　　数	123千
版　　次	2019年7月第1版
印　　次	2019年7月第1次印刷
印　　数	01-2,000
书　　号	ISBN 978-7-223-06178-0
定　　价	35.00元

版权所有　翻印必究

序

次仁罗布

近段时间里，为西藏的好几位作者写过序，想想这也是个很有趣的事情。因为在我写序之前，必须要把作者的作品全部通读一遍，寻找我要说些什么的由头，这过程虽然耗费一些时间，但每次读完心里流淌的是一股温暖。毕竟，西藏文学从民主改革到如今，走得非常艰辛，其间虽有过惊鸿一瞥，无奈瞬间消散，一切又在寂寥中艰难慢行。许多曾经雄心勃勃，励志为文学奉献一切的文友，现如今已经辍笔，转投去追求别的理想了。继续怀揣初心，寻找梦想的已经寥寥无几。我也深知，文学创作是从一个孤独，走向另外一个更深刻的孤独之旅程，让身心完全与喧嚣告别，向内审视和反省，在孤寂的幽暗中找寻心安放的地方。有一些人离开了，又有一些新人加入了进来，周而复始。

可是，从这些新人的身上，我重新找到了曾经青春的我，那时也跟他们一样拥抱文学的梦想，绘织青涩的故事，强说少年愁。那时从未想过，自己这生选择的是同孤独相伴，同文字牵手。他们此刻的梦想，就是彼时我的梦想。我也不知道是我走进了他们的梦想里，还是他们走入了我的梦想。正因这种共同的梦想，使我对他们怀有一份特殊的情感，也从他们身上看到了西藏文学的未来。

《远方的西藏》是益西旦增的第一部作品集，在日后的阅读、阅世的不断积累中，可以期待创作出更多更优秀的作品来。我们从这本集子里的《西藏青年》《藏地行者》《走出白朗》《加州加州》等篇目里，能看出一些端倪来。益西旦增有丰富的生活经历，又游走于西藏、内地、国外，看到听到想到的会有很多，对应的参照物比普通人要多的多，需要的是时间的沉淀和思考，并以熟练的文学形式来呈现。

这本集子的出版，是益西旦增文学梦的第一步，还需要付出更多的时间和精力来钻研文学，为日后走的更远强基固本。

梦在前方，请你准备好与孤独相伴！

自序

刚毕业参加工作的时候，理想与现实、自我与群体、感性与理性，各种二元对立集中爆发，每天有许多的情绪需要感发。每当夜深人静的时候，一个人关在卧室里，慢慢敲打那些累积的情绪成了日常。写作的习惯大概就是从那个时候开始形成。之后，写作成为了我与自己对话、和解的最有效的自我沟通方式，也成为了我观察、体悟周遭世界的一种最佳途径。因此，这本书里即有我大学刚毕业时候的诗文，也有我最近的所思所想。由于这样的时间跨度，书中有相对青涩的文字，也有个别笔底生花之处；有相对自以为是的陈言肤词，也有少许自认为经得起推敲的独到之处。然而，不管怎么说，这些文字和思考都是我在不同的年龄段，在不同的地方看见不同的风景，遇见不同的人之后所记录的真实心情。不管是在日喀则的懵懂少年时期，还是后来在北京、厦门、再到拉萨的学习生活，不管是在美国和新加坡的留学生活，还是在不同地方旅行时候的所见所闻，我都诚实地记录，真诚地感怀。

是的，我写作唯一的目的就是去记录和感怀。更严格意义上讲，记录和感怀这两样东西也谈不上是我写作的目的，我只是在恰好的时间有了恰好的感思，而这些感思又能通过恰到好处的文字表达出来，仅此而已。

2018 年 8 月 25 日

拉萨

目录

序 1

自序 3

一、故乡

西藏青年 002

河流 014

甜茶馆 016

来世 023

藏地行者 025

私奔的情人 035

夏至拉萨夜未央 037

转经 041

乡亲 043

罗布林卡 048

远方的西藏 051

青春 054

二、路上

走出白朗……………………056

年楚河……………………067

阳光下的班级……………069

冷却………………………078

厦门之恋…………………080

鼓浪听涛…………………092

藏家孩子的留学梦………094

轮回………………………102

纽约和梦想………………104

梦想………………………109

加州,加州!………………110

给我一片山水……………126

狮城新加坡………………128

我对幸福的坚持…………141

泰国之行…………………144

最后的旅途………………156

三、信仰

出轨 160

痴心 165

信仰 167

朗萨 171

散乱的孤单 172

从今天开始做一个幸福的人 176

豁达 179

暗示 182

四、愿 景

愿望 185

因上努力果上随缘 189

男人 195

归处 197

话题 198

友谊 200

标签之痛 201

偏见 203

低处的高度 205

无题 207

祈祷 208

后记 210

一、故 乡

夜的拉萨,东边宁静,西边喧哗,中间是布宫天上的凝视。

西藏青年

罗布说他在拉萨了,晚上大家聚下。罗布大学毕业后一直就在沿海闯荡,只有藏历新年的时候才能回来一趟。

我给其他的同学逐一的打了电话,并在团结新村的藏家宴订了一个大包间。一来给罗布接风,二来大家也好久没聚了,赶上过年大家都在拉萨,机会难得,一起聚聚,叙叙旧。

我对老同学的聚会总是特别上心。我本身是一个怀旧的人。周末在家没事的时候喜欢翻翻当年的相册,随着照片里那些清秀的脸庞回到那些青涩的年华,这常常使我又伤怀又欣慰。

昨晚我又翻了一遍相册,寻找今天要聚的这些人。罗布在照片里是个黑不溜秋的小家伙,面对着镜头羞涩十分。当年在学校,罗布的内向出了名。课上问答几乎所有人都举手的时候,罗布永远是那个挨训的:"罗布啊罗布,你还真是我们班的罗布(藏文宝贝之意)啊,所有人举手,就你一个人要缄默,物以稀为贵的罗布啊!"老师每次这么一说,罗布的头埋的更低了,恨不得找个洞钻进去。就这样一个腼腆的男生,谁会想到多年之后,居然会选择到沿海闯荡,这在西藏着实少见。

次旺在集体照里是属于那个一眼就能被人看出来的人。每张照片里次旺要不张大嘴巴似乎在喊叫着什么,要么就是各种夸张的肢体动作。次旺从小喜欢照相。课堂令他惶恐不安,而在镜头前他好像是变成了另外一个人,要么欢呼雀跃,要么手舞足蹈。次旺说以后他要做一个明星,"我现在就比郭富城高,脸蛋也比张学友漂亮,以后一定能成大明星。到时候,宿舍墙上挂的就不是这些港台明星的画册了,而是我雪域新星次旺的照片了。"次旺喜欢边摆各种姿势边口若悬河地如此自吹自擂一番。

我们的班长在每张集体照里都不那么显眼。打小时候,他就有一张饱经沧桑的脸,黝黑的皮肤,宽大的前额,一套校服贯穿所有的照片。班长出生农村,家境贫寒，因此也显得比班里其他孩子要懂事。我和班长是饭友，那个时候谁跟谁比较要好大家就组成一个饭友团，有的负责去排队打饭，有的负责洗碗。上午第四节快下的时候，负责买饭的同学们跃跃欲试，个个箭在弦上，呼之欲出。下课铃声一响，教室到食堂窗口就是一条百米短跑线。抢先到食堂的可以打到更热更多的饭菜，落在后面的剩的往往就是一点残羹剩饭。班长是个运动健将，我总能因此吃上热腾腾的饭菜。我那个时候就总觉得班长以后必定会是个人才，从小就聪明能干，吃苦耐劳，长大了必然能成大器。可惜高二的时候，班长受一位年轻老师的鼓动，认为现在的所学毫无用处。"今天我们学的都是几百年前的祖先已然悟到的，我们要学习新的东西，全新的东西！"班长好几次激动地模仿着那位老师的原话说要重新做人。从此，班长沉迷于各种鸡汤类的励志图书，恨不得马上就大干一番。到了大学以后，听说班长由于旷课次数过多被退学了，我在担心班长前途的同时，也深感对年轻人的教育决不能过于理想主义，你不知道给一个十几岁的孩子灌输理想主义会引起什么样的后果，但愿那位老师已经明白了这个道理。

拉顿当年又瘦又高，照片里的他表情坚毅，少年老成。平日里拉顿不爱言语，常常独自翻阅各种课外书，一副文邹邹的样子。从昆明陆军学院毕业之后，拉顿现在是一名解放军军官了。军队里纪律严格，平日里很少有机会出来跟朋友见见面，我不忙的时候就会去拉顿所在的部队给他送些书，顺便感受一下军营生活。

曲珍是当年小男生们每晚不厌其烦卧谈的对象。曲珍有一双大大的眼睛，眉清目秀，五官棱角分明，身材高挑，在其他女生都还跟男生们追逐打闹未显现任何女生特质的时候，曲珍已经提早发育，隆起的胸部让多少男生在夜晚里辗转反侧，不能入眠。

相册里还有很多稚嫩的脸庞，大多数都能清晰地记得，有的想不起名字但却也感觉十分熟悉。和现在的智能相机和手机相比，对那个时候的傻瓜相机我是心存感激的。现在跟朋友拍照，你知道你永远拿不到那张照片，笑容和回忆全部封存在冰冷手机里。那个时候就不一样，我们拍照是为了定格那瞬间的美好，我们焦急地将胶卷送到相馆里，然后耐心地等待冲洗，给照片上每一个人洗上一张，在每一张照片背后附上一小段祝福的文字，把一张张相片装在相册里的时候，我们知道那以后就是一个个看的见摸得着的回忆。

回说聚餐，作为东道主，我早早就来到了藏家宴，点完酒菜又一一给大伙儿打电话催他们赶紧过来。

人齐了，我举杯示意大家一起碰杯。每次的同学聚会都有你熟悉的有你不熟悉的。熟悉的是还是这些人，这些人一起见证过彼此的成长。不熟悉的是每次的聚会中都有从前没有的拘束。聚餐开始，大伙儿两两三三的说着话，直到酒过三巡，气氛才真正开始热闹起来。

酒是一个很神奇的东西。不知从什么时候开始它成为了社交的催化剂。菜还没夹到几下同学们纷纷起身敬酒，喝下一杯刚要夹菜下一个同学又来敬酒了。就这样我一杯，你一杯，你打一桩，我跟一桩，桌上的饭菜还没吃到一半大伙儿已经醉了三分。人喝醉了，就不拘束了，开朗的更加开朗，沉默的此刻也变得有说不完的话，恨不得将平日里所有的缄默一倾而泄。

罗布就是这样的一个人。酒醉的罗布极易动情，说着自己远在他乡奋斗的故事，不仅开始啜泣起来，"兄弟姐妹们，对不住了！你们不知道有时候我有多想你们。你们可好啊，想聚就聚，想回家就回家，我可要等到一年这么一次啊！"

微醉的次旺摇摇晃晃地拿起酒杯走到罗布身边，一手搭在罗布的肩上，另一手拿着酒杯。"我是真佩服你这么着在沿海闯，不过东好西好不如自己的家好。想回来就回来，谁也不会觉得你失败。你看，现在拉萨机会也不挺多，咱同学里律师、处长、大夫、老板，啥没有！个个赚的不一定比你少啊，还不用想家！"

"你这人怎么说话的。人家在沿海闯那叫本事，跟赚多赚少有啥关系！"达瓦赶紧替罗布接话。达瓦是地道的拉萨人，大学毕业以后被分配到了阿里的一座小县城。听达瓦说，他工作的地方那真叫一个高寒地区。一年四季风雪不断，呼呼的北风吹下来的时候，就好像是一把把锋利的冰刀打在脸上，春夏秋冬人们都要将自己裹的严严实实，在大街上谁也认不出谁。年轻人偶尔周末聚在县城唯一的小酒馆里，冰冻的啤酒罐放在酒馆里的火炉上等着慢慢融化，围坐在火炉周围说说笑笑。达瓦毕业一年后回拉萨的时候，他明显变黑了。过马路的时候他还开玩笑说一下子看到这么多车子，还真慌张啊。

聚会上的人们分为两个派别立刻激烈地争论起来。

有人说，去沿海闯挺好。这是西藏新青年的时代标志，要请进来，也要走出去。

有人说，读了那么多年的书最后到别处贡献去了，这还不说，在深圳这样的城市里，干的昏天黑地的还买不起一套房子，干嘛不好好呆在西藏呢。

这个话题成为大家议论的焦点并不意外。多年以来，西藏的孩子到内地上学，毕业之后几乎一个不落全部都会回到西藏工作生活。随着内地跟西藏之间立体交通的打通，年轻人的思维正悄然间发生着变化。

"我看在内地工作挺好的。信息发达，机会又多，在北京光我认识的从西藏来工作的就有十好几个。自己觉得怎么喜欢，就怎么来。别老是道德绑架人家。"曲珍现在已经是个正儿八经的知识分子了。从大学毕业以后她就一直在读书，先是在西北民院读宗教，后来又去北京读起人类学博士，在她看来西藏的孩子必须回家乡工作已经是一个过时的想法了。

大伙儿你一句我一句，你一杯我一杯，后来连各自在说什么也不清楚了。罗布此刻也完全喝醉了，黑黑的脸颊由于酒精微微泛红，就好像是两个高原红。眯着眼，晃荡着脑袋，手中的酒杯高高举起，罗布大声地说："感谢大伙儿今天趁我回来聚这么一次。我在深圳挺好,我感觉我每天过得很充实,赚了些钱,在老家给爸妈新盖了个两层楼房,自己过的也算是充裕,主要是觉得开心,非常开心!"罗布边说着示意大家一起碰杯,次旺往罗布端起的酒杯里倒满了酒,拍了拍罗布的肩膀说"开心就好!"。大家高举杯子也齐声大喊:"开心就好!",随后一饮而尽。

到现在,在内地大城市工作的西藏青年已经比我们那个时候多很多了。社会在进步,年轻人的思想不断开放进取,过去毕业回家找个铁饭碗再结个婚生个孩子一辈子也就那么回事了。现在像罗布的多了去了,他们不想照搬大哥大姐们的生活方式,他们不想为了一个铁饭碗失去他们的激情和梦想。毕业后创业的,到内地闯荡一番的,继续深造的,今天的西藏青年正主宰着自己的生活轨迹。

次旺的电话从聚会开始差不多半个小时就响到现在。次旺在医院里面找了个漂亮的汉族护士当老婆,生了个白白胖胖的大胖小子。一家三口生活的也算是其乐融融。找个漂亮的女人做老婆十有八九要沦为"妻管严"。除了老婆值夜班的时候,结婚以后次旺就基本失去了他以往丰富的夜生活，这不同学聚会才不到一个多小时，电话就响不停了。

次旺的酒刚喝到热火，现在回家打死他也不愿意的。没办法，就像以往的惯例，次旺又打车回家，亲自请老婆大人过来参加他的同学聚会。有一段时间，次旺的老婆回内地老家，我们在一起喝酒，但凡接到老婆的电话，次旺就会以迅雷不及掩耳之势钻进出租车里，再等半个小时他又回到酒桌上高谈阔论起来。我说你这半个小时是去哪了，他说这半个小时就是飞快地回家换上睡衣，睡眼惺忪地坐在电脑面前跟他老婆视频，然后再换回衣服回到酒吧里的一个过程。我们无不被次旺的这种不负友又不负妻的坚韧性格所打动。

次旺和他老婆一进门，大伙儿齐刷刷地叫喊起来："罚酒！罚酒！"次旺连忙让老婆坐下，"大家不要让小丽喝酒了，她不会喝酒。"在座的几个藏族姑娘立马就不愿意了。"既然来了就得喝，不会喝也得喝！"拉错站起身边说边拿起一个大杯子放在小丽跟前。拉错是昌都人，性情豪放，毕业后又长期在日喀则工作，喝起酒来，杯杯见底。次旺刚要过来替小丽挡酒就被拉顿拉过去了。小丽根本就招架不住拉错的一番噼里啪啦，拿起酒杯艰难地吞下了第一杯。"第一杯苦，第二杯酸，第三杯开始就越来越甜了！"珠茜在小丽旁边耐心传授起喝酒的经验来。珠茜本来也不会喝酒，虽然她爸爸是康巴汉子，但她随了妈妈的性情，典型的一个江南小姑娘。珠茜的这个经验传授在小丽身上看起来颇具效果。大家没人给小丽敬了一杯酒之后，小丽跑去厕所里吐了一番回来便是势不可挡了。她一会儿操着她的四川方言，一会儿又爆出几句不知从哪里学来的昌都方言，右手拿着酒瓶，左手拿着杯子竟一一打起桩来，根本停不下来。次旺见状倒是乐了，看来今晚他是可以放开喝，不醉不归了，"出来玩没有比老婆喝醉更叫人开心的，不催着你回家，回家倒头大睡，不说你半句！来，走一杯！"次旺拿起酒杯乐开了怀。

几番你来我往，你唱我和之后，有人已经醉趴在饭桌上，其余的人又开始三三两两聊在了一起。班长是日喀则人，这点酒对他而言连热身也说不上，他来到我身边跟我聊起了近况。班长说他从大学被退学之后，感觉无言以对这么多年来供自己读书的家人，于是就在日喀则市的一家超市里打工,省吃俭用存下来一些钱后又在市场上摆起了地摊,卖一些纸巾手电筒之类的生活用品。再后来他在日喀则市区拿下了一间小门面做起了氆氇的生意。"我从江孜进氆氇,在日喀则市卖,平日里生意还可以,到了过年前生意更是红火,光年前几天的收入就够我付一整年门面的租金了。"班长抽着他的硬中,一副老板的架势,"不过这才开始,以后我打算到江孜县搞个家庭手工作坊,实现氆氇的生产、加工、销售一条龙产业。现在政策上也扶持民族手工业。又能增加农民的收入,自己的钱袋子也能鼓起来,何乐而不为!"我连连称赞,就像当年坚信班长以后能有一番作为,我依然相信总有一天班长的想法能够成真,对此我深信不疑。一方面,这是因为班长的能力摆在那里,另一方面,糌粑、酥油、氆氇、唐卡等各种民族特色产品的开发与生产深受政府在政策和资金上的大力支持。这也是为什么现在在西藏的各个地区都有为数众多的相关产业的致富带头人。

凌晨一点多的时候,罗布已经趴在饭桌上,纵是有人大声叫他他也是毫无知觉。小丽一趟又一趟跑去洗手间里吐，吐完出来跟拉错一杯又一杯的喝起来。其他人开始唱歌，唱当年的校歌，唱当年的流行歌曲。小虎队的歌曲一次次唱起来的时候，大家仿若又回到了那个青涩的年代：足球场上无畏的驰骋，夹在笔记本里不敢给出去的那封情书，班会上的真心话大冒险，春游时全班高唱亚东的《神鹰》。一幕幕往事随着飘扬的歌声又历历在目。有些女生唱着唱着抽泣起来，班长和次旺边唱着歌边一杯又一杯的喝着交杯酒，到最后抱在一起泪眼朦胧！

　　从藏家宴出来的时候已经是凌晨两点了。在不远处的烧烤摊吃上了一些串串儿，又喝了几瓶啤酒，大伙儿拥抱，告别，各自打车消失在了夜色中。

　　看着这些夜色中一一消失的身影，我在想同学就是这么一些人，他们彼此见证过彼此的成长，不管过了多少年，他们每年至少见一次面，他们有共同的回忆，这个回忆成为一群人从青春到暮年生命的纽带，每次见面，就好像又回到了那个久远前的青春，找到了那个单纯而快乐的自己。

河流

我再悲伤也悲伤不过这条河
它的迁流九曲回肠
遇到高山绕行
行至低洼停歇
没有半点脾气

我再愚蠢也愚蠢不过这条河
它的承载无所抗拒
可以背负朽尸腐木
可以容纳混沌污糟

没有半点洁身自好

但我再幸运也幸运不过这条河啊
它昼夜不停地奔流
看似被动而低贱
却终归如愿入海

途中的悲伤和愚钝
没有阻止它最终的不朽
以及此后永恒的清纯

甜茶馆

西藏人爱酒，在拉萨这样的城市里，年轻人几乎每周必喝，逢喝必醉。这符合人们对少数民族惯有的认识。但如果说西藏人还是一个嗜茶如命的民族，那恐怕让很多人都觉得新鲜了。实际上，如果说酒是西藏人生活的调剂品，那么茶就是生活本身。早上起来不喝一杯酥油茶出门那就不是个温暖一天的开始；周末不和家人朋友一起去甜茶馆坐一会儿，那就不是个惬意的周末；夏天西藏人家家户户去河边的林子草地上过"林卡"（野餐），没有带上一壶清茶那就不是一个完整的林卡。

酥油茶、甜茶、清茶一道组成了西藏人生活中最重要的茶文化。大多数的藏族人家，没有一天是不喝茶的，许多都是从早上一直喝到晚上，这可以从藏族谚语"宁可三日无米粮，不可一日无茶"可见一斑。

茶文化发展到今天，酥油茶和清茶成为了家庭生活的一部分，孩子放学回到家喝一杯清茶驱走一天的倦意，来客人了一壶浓浓的酥油茶便是对客人最盛情的招待。至于甜茶这个从英国奶茶演化而来的舶来品，如今成了一种社交休闲的方式。你无法想象在繁忙的古城巷子里究竟开着多少间小甜茶馆。

拉萨的地道甜茶馆都没有精致的装饰，门梁上一个简单的招牌，一块藏式门帘。进门，狭小的空间里摆放着简陋的木制长椅长桌。长椅上的藏式卡垫油渍斑斑，破旧不堪。椅子前面的木质长桌同样简单破旧，表面被不时洒出杯外的甜茶弄的黏糊湿漉，久而久之本来色彩鲜艳的茶桌表面变得黑不溜秋，不管是客人还是茶馆主人都没有心思去擦拭，就像是故意蓄积每一个茶客的故事，特意积攒几万世的人间烟火尘劳。

有人说西藏人去甜茶馆喝茶比去上班还要准时。早上十点多的时候，小小的甜茶馆已经被茶客坐的满满当当，人们边喝着甜茶边说着笑着。单个的茶客边抿茶边面带微笑地听着邻桌茶客们的谈话，时不时搭上一两句。流浪狗在桌子下面丢弃的纸巾堆里寻找客人吃藏面时候掉下来的肉丁。不知道哪里冒出来的猫懒懒地躺在长椅一角假寐晒太阳打盹,丝毫没有要给客人让座的意思。乞丐们和茶客一样穿梭在不同茶馆之间,几乎每隔几分钟就会有一个乞丐前来讨钱。

乞丐们有的将舌头伸出来以示自己的憨态和卑谦,年少一点的拿着西藏的扎木念琴走到你面前不由分说的就弹唱起来。在甜茶馆里喝茶歇息的老年人转着手里的经筒,嘴里碎念着经文,笑着听乞丐们唱完,有钱的给五毛一块,没钱的从自己的茶壶里给乞丐倒上一杯甜茶喝。

甜茶馆里的年轻人嘴里叼着烟眼见乞丐来到自己的跟前便把早已准备好的一块钱递去,大手一挥,让乞丐赶紧走开,不要打扰他们聊天的兴致。他们时而谈论着昨晚在哪个小酒馆里碰见了一个什么样的姑娘,时而貌似抱怨实则炫耀地诉说着新买的汉兰达如何烧油,时而又骂起自己单位的哪个领导如何该死,话锋一转又讨论着周末打算去哪过林卡。这些年轻人,他们的头发油光可鉴,衣着光鲜亮丽,他们的中华硬包、城市越野车的钥匙和苹果手机放在桌上显眼的位置,翘着二郎腿,吞云吐雾,说说笑笑。临走前,把脚交给在甜茶馆里寻找生意的擦鞋人,三杯甜茶的功夫,皮鞋擦的和他们的头发一样黑亮了。

要说甜茶馆里的主力军还要说说机关单位里的大妈们。她们每天准时的成着群结着队来到甜茶馆，茶没喝上几口，就已经把工作、生活、家庭里的琐碎唠了一遍。从卓玛的儿子今年又没考上大学，到新开盘的楼楼间距太小，从新来的小伙子在办公室里多么好吃懒做到555里的藏装又涨价了，从她们眉飞色舞、手舞足蹈的表情和动作看，这些琐碎而冗长的唠嗑让这些正同更年期搏斗的中年妇女们得到了片刻的释怀。

和这些中年妇女年纪相当的男人们则要显得内敛的多。他们喝着杯子里的甜茶，轻声聊着什么生意好做，哪个领导要调走，一会儿喝完茶去哪里打麻将。还有大叔从茶馆门口买一叠福彩刮刮乐，嘴里叼着烟独自坐在茶馆一角，拿出身上的钥匙串认真刮了起来。每刮开一个数字就轻轻地吹一口气，吹走上面的渣渣，再小心翼翼地刮下一个数字，那认真劲就仿佛稍不留神五百万就真的从你指尖溜走一般。

偶尔也有课间休息的老师们来到甜茶馆里，把教案放在茶桌上，喝一口甜茶清清嗓子，提提神儿。他们边喝着也边聊着，一会儿聊着吐蕃王朝，一会儿聊着仓央嘉措，一会儿又说着国际国内的时事热点，俨然把甜茶馆当成了教研室。碰到意见相左的时候，一群人唇枪舌战，情绪激动地还要站起来引经据典，手舞足蹈地向对方说教一番。其他桌上的茶客们此刻也被这些伶牙俐齿吸引住，像是定格一般目不转睛，听得入神，嘴里叼着的烟已经变成了一条长长的烟灰。

　　偶尔也有游客被甜茶馆里传出的笑声吸引，于是克服甜茶馆的简陋粗糙，坐在本地人群里喝茶。甜茶馆里的老人们看见有外地人进来就会目不转睛地盯着他们身上的冲锋衣，桌上的广角镜，目光相对时，呵呵一笑，拿起茶杯抿一口，然后继续盯着他们看。游客们则是拿起诺大的相机对着桌上的甜茶和对面的茶客们乱拍一通。本地年轻人看到这些游客丝毫没有老人们那般的好奇。自从"单反流氓"这词在西藏年轻人的社交工具上传播开来之后，他们对拿着相机对着同胞肆无忌惮拍照的游客感到十分的厌烦。游客们喝了几口茶，拍完照片，坐在那里也听不懂大家都在聊什么，笑什么，只好摇摇头，悻悻离去。也有游客，了解风土人情，来到茶馆里收起相机，点上一磅甜茶，或独自喝将起来，或同邻座的本地人请教文化常识、旅游线路，聊高兴了，本地人还要十分热情地带他们去古城的巷子里四处逛逛，对他们讲解这是什么建筑，那是什么寺庙。

要说甜茶馆里最讨人喜欢的人群，对我来说就是那些转经路上歇脚喝茶的老人们。早晨从家里出发，手摇经筒，指拨念珠，嘴里是如吟唱般的诵经祈祷世界和平，有情众生脱离苦海。做足了这一天关于前世今生的功课之后，找到自己那家熟悉的甜茶馆，掏出随身携带的茶杯，心满意足的喝上一杯，然后独自坐在热闹的甜茶馆里继续转动经筒，拨动念珠，不理会茶馆里的闲言碎语。喝至晌午，这才收起碗来，挂着拐杖，向坐在自己身边的茶客挥手道别，牵着各自的宠物狗，踏上了回家的路。对拉萨城里的每一个老人来说，这样的一天便是十分富足的一天。

甜茶馆之于拉萨，就像是茶馆之于成都，酒馆之于莫斯科，食阁之于新加坡，咖啡馆之于巴黎。老人与孩子，妇女与青年，并不明亮的光线，弥漫的雾气，扑面而来的茶香，藏面的味道，以及里面的大声说笑，窃窃私语，孩童的啼哭，这一切喧闹、市井却并不烦躁。它承载着古城老百姓日常里的百般滋味，万象沧桑。

我不知道再过十几年或几十年你还能不能在这座古城的大街小巷里面找到这些充满生活气息的甜茶馆，但至少对于我们这一代及之前的西藏人来说，在鳞次栉比的高楼大厦的夹缝中顽强求存的一间间小甜茶馆，既是这座古城里的人对于自己某一种生活方式执拗的坚持，它还装载着许许多多古城的人间故事，这些故事里有闲言碎语，有柴米油盐，有爱恨情仇，几代古城人的烟火尘劳就在一个个小巷中的甜茶馆里泡出了沧桑，市井却真实无比。

来世

还会出现一个新的自己
在一个新的世界里
向太阳招手的小孩
美丽的背水姑娘
悠闲吃草的白牦牛

不过在那之前
让我不慌不忙地
眼看心悟这花花草草
记住当下这婆娑的世界

或许来世的孩子
看见一轮同样的太阳
会热泪盈眶
背水姑娘面对同一条河流

能照见自己的前世
还有那头牦牛偶尔间的发怔
是不是闻见了那道记忆中的青草味

藏地行者

我以前有过一个想法，在拉萨做一名导游，广交天下朋友。

冬天可以在寂静中不紧不慢感受拉萨本身的样子，夏天旅游旺季一来可以有一笔不错的收入。最重要的是可以结识许多来西藏的游客。那时候我总是相信来西藏旅游的人是不一样的人，他们要么带着故事来，要么带着迷惑来。认识他们，我可以听他们的故事，记录他们的困惑。

我认识的第一个藏地行者是一个厦门人。他给自己起了一个好听的藏文名字：洛桑。洛桑是一个有故事的人。高考落榜以后在福州和厦门的大街小巷里到处寻找工作机会，在麦当劳做过小时工，也在川菜馆里做过洗碗工。

90年代末适逢香港一艘度假游轮在招聘西餐厅服

务员，洛桑申请但并未被录用。次年再申请又败，第三年申请终于得以录用并在此轮船上工作三年有余。

洛桑说在麦当劳和川菜馆里打工的经历使他意识到，比起打工仔对那份工作的贡献，工作环境对打工仔的影响更为突出。年轻时候的工作环境影响并塑造一个人的方方面面，如审美情趣。这就是为什么他再三坚持申请在一艘豪华游艇上工作的原因。

我听洛桑说90年代香港电影风生水起，几乎每年都有摄制组在他所在的游轮上拍戏。我说我最羡慕那些明星，洛桑一甩手不屑地说刘德华、周星驰、张曼玉工作餐还不如他西餐厅里的员工餐好，没什么好羡慕的。

洛桑后来辞去了游轮上的工作，在厦门同朋友合伙开了一家当时在厦门颇有名气的精品店。洛桑的精品店不仅在厦门，当时在国内同行里也算是大家争相仿照的对象。精品店的格局精致，物品精美，摆放精巧。这需要一个人的细腻，更需要一个人的审美情趣。一个糙人永远经营不了一家精品店或是一家咖啡屋。洛桑说他后来对物品管理和空间布置的许多灵感得益于他在游轮里三年的工作经历。

洛桑的店最初在厦大附近。后来小有名声之后洛桑选择单飞，在中山路名贵地段开起了以母亲名字命名的属于自己的精品店。新店格调更加小资时尚，加上极好的路段，每天顾客络绎不绝。没过几年，洛桑的精品店在厦门遍地开花。

物质上的富足似乎并没有满足洛桑的心灵。我在厦门读书的时候，几乎每个月都能同洛桑见上一面。我说我以前羡慕你在游轮上工作，可以碰到那么多明星。现在我又羡慕你了，开个精品店，自己做自己的老板，早上10点多起床去店里转一圈，晚上歇营之前去店里数钱，多么慵懒富足的生活。但洛桑总是笑而不语，我能感觉到他那个时候的空虚和迷茫，就好像你追求一个姑娘追求了很久，一路下来风雨兼程，但最后人家姑娘终于同意的时候，你突然莫名地感觉到一阵的怅然若失。

洛桑每年会抽空到拉萨旅游，把店交给亲戚阿姨打理。到了拉萨他关掉手机，脱去西装，穿上藏装，俨然一个本地人。早上，洛桑早早地起床跟随拉萨转经老人的脚步一步一磕头，用身体衡量着这个他心中的圣地。也会走进丹杰林巷子中的老甜茶馆里，听当地人话家常，久了洛桑也能听懂些藏语，时不时用他生硬的藏语插几句，总能引得甜茶馆里的藏民们一阵欢笑。洛桑说他喜欢藏民的笑，那是他很久没有见过的笑容。"有那么几次，我在厦门突然就特别想再去一次西藏，可能就只是想再见一次那些质朴的笑容。"他讨厌现代社会出于礼节或默认的社交规则而展露的笑容。"我真怕人们这么不自然地笑久了，有一天真忘记怎么去由衷地大笑了。"我说你就别杞人忧天了，他说对，还好有西藏。

洛桑最爱的地方是大昭寺。他在大昭寺交了几个古修（和尚）朋友。古修们在大殿里念经的时候，洛桑便在大殿门口闭目听古修们嘴里如吟唱般的诵经。洛桑并不明白古修们在念什么经，但他说没有任何时候比起在大昭寺听经更让他平静祥和。

"一个迷路的孩子回到了前世的故乡，"他是这么回答我的，当我问他每次飞机在西藏贡嘎机场降落时候他的心情。

除了寻找内心的静喜，还有一类人来西藏是为了疗伤。

遇见陈梦雅是豆瓣藏地诗歌小组在拉萨的一次聚

会上。我赶到聚会地点的时候,她一个人坐在靠窗的位置,左手托着腮帮,往窗外八廓街上熙熙嚷嚷的人群望去。陈梦雅有一双精致而美丽的大眼睛,尽管此刻尽失了光泽,却也能放射出令人不敢接近却也无法抗拒的美丽。

等到来自天南地北的藏地诗歌小组的成员坐在一起,大家喝着甜茶,一会儿聊海子的《西藏》,一会又争辩着三毛她到底有没有来到过西藏。聊到顾城和谢烨的爱情的时候,气氛开始抑郁起来。"既然已经这么凝重了,就让它再凝重一些。想听听我的故事么?"陈梦雅说。没等大家点头,陈梦雅已经打开了话匣子。

陈梦雅2008年毕业之后在上海的一家外贸公司做会计。在一次朋友的生日聚会认识了她的前男友。陈梦雅说最初的爱情就像她想像当中的美好。两人每天早上出门上班前难舍难分,下班之后抛开其他社交活动,吃遍上海大街小巷里的各种美食。新上映的电影一个也不错过,新开的咖啡屋一定要去体验一次。两人有聊不完的话,诉不尽的情。就在陈梦雅笃定这就是自己打初中起就梦想的爱情并下定决心答应男友随时会提出来的求婚的时候,事情却有了三百六十度的转折。

"小城里的年轻人整天抱怨自己的社交圈太小，不能认识新的姑娘，而大城市里的年轻人却在认识不完的姑娘中丢失了爱情。"陈梦雅说她发现自己的男友另有新欢的时候真希望自己和男友在一个小城里生活。"这样他就不会有那么多的机会认识其他的女孩，也就不会离我而去了。"我说真爱在任何的环境里都能始终绽放如初。她说这世上还有真爱么。我说我承认如今很多的人并不真正明白什么才是真爱，但真爱像空气一样，它是千真万确存在的。

陈梦雅的男友是在一次公司的尾牙上认识了一个湖南女孩，就像他第一次碰见陈梦雅的时候一样，他跟这个湖南姑娘立马情投意合，又是有聊的不完的话题，又是有分享不尽的共同爱好。没过半个月男友就向陈梦雅提出了分手。"爱情如此不堪一击，你一直认为不会变的人在霎那间成为了另外一个人，这恐怕连他自己也没有想到过吧。"

我可以理解陈梦雅那个时候的心情，我经历过一样的感情挫折，我当时选择翘课在一个宾馆里面把自己关了七天，而陈梦雅选择来到西藏疗伤。

"过了这么长时间了,我却始终放不下他,那些我们一起下过的馆子,去过的咖啡屋,哪怕是一起听过的一首歌,都像是从遥远的过去射回的箭,到现在还是会痛。"

这是一个简单的故事,这样的故事在大城市里每天都在上演,人们在他们认为的爱情里感到幸福,又被他们认为的爱情所伤害。"爱情是个什么玩意!"失恋的人留着眼泪拿着酒瓶愤怒地质问。

就这样,城里的年轻人通过失恋第一次体会到无常,有些人带着伤口奋不顾身的又去寻觅另一场爱情,他们不能没有爱情,爱情是他们的空气。还有些人从此关闭了自己的心扉,游戏人间。当然还有一些人,他们第一次抛开了所有,他们第一次真正决定先将爱情放在一边,第一次开始去寻找真正的自己。

"女孩子太习惯于从男友的眼睛里照见自己。"陈梦雅说,"我们忘记了其实对方爱上的可能并不是真正的自己,那可能只是对方潜意识里投放在自己身上的一个幻象。""这好比是男人拿着一个相框去寻找一张照片,只要一张照片大小能装进这个相框里就认为这是他要找的相片。""但你想想这个世界上有多少个同样大小的相片可以装进这个相框里，数都数不清。""负心人离你而去是因为遇见了另外一个更加精美的相片，而还没有变成负心人的人们是不是只是因为还没遇见一个更加精美的相片呢，你知道总会出现更多更精美的相片的。"

陈梦雅决定来西藏寻找自己。和洛桑一样，陈梦雅每天早上也会跟随转经的人群绕着布达拉宫转经。她买了一串佛珠戴在右手手腕上，站在布达拉宫面前祈祷的样子像一个孩童一般纯洁。光看她那样虔诚的身姿和长时间的祈祷你就感觉她所有的愿望都能得到佛祖慷慨的允诺。

陈梦雅在大昭寺面前磕头的时候特别显眼。藏族老阿妈脱去鞋子整齐的放在一边，将藏袍的底边用绳子绑住，把准备好的垫子放在身前，再放上佛珠在垫子顶部，闭目祈祷，再将身子缓慢放在垫子上，五体投地，每祈祷一次，将佛珠的一粒珠子顺时针转动一次，直到将一百零八粒佛珠都转完一遍。陈梦雅穿着她的冲锋衣，看着身边的老阿妈也跟着一跪一拜，五体投地，一丝不苟地学了起来。

我问她每天转经拜佛就不想去周边的名胜古迹看

看,她说在名胜古迹可不会碰到那么壮观的场面。"再说了,我每天都能认识一些藏族阿妈,磕头间隙她们会跟我分享她们带来的甜茶和卡赛(零食),她们饱经沧桑的眼睛慈祥地看着我的时候,我真觉得她们就是我无数个前世里的母亲。"

陈梦雅离开拉萨前的最后一天阴雨不断,我们又来到了玛吉阿米里。我说你还要再来西藏,她说会的。她跟在大昭寺认识的老阿妈说好了明年这个时候去阿里转山。

我说你明天就要走了,西藏有没有封堵那把自回忆中射向你的箭。她笑而不语拿起手机写了些什么,说想说的发在微博上了。

陈梦雅第二天离开了西藏,我打开微博看她前一晚发的文字,她是这么写的:

今夜下雨了,坐在玛吉阿米里,听着这首空灵的藏歌,看着氤氲的玻璃,想起你。年少的我们总为些不值一提的小事赌气,把一段关系扔给缘分处理,仗着的,是自以为用之不尽的青春。对啊,这失联的数年生活仍肆意,像你没来过也没去过。就连这点可惜的情绪,一条微博就处理。

是啊，总有一天，会在一个地方，一个旧伤口可能会变成一条微博就能处理的情绪。总有一天，在一个地方，在肆虐了整个青春以后，那些阴郁的回忆在一个阳光灿烂的早晨醒来的时候，烟消云散。陈梦雅说，西藏就是这样的一个地方。

私奔的情人

在所有市民熟睡的夜里
我踩着月光来到你的窗下

你愿意为我抛弃这座城市么
这座城里令人上瘾的虚伪
这座城里吞噬一切的躁动

你兴奋地点头
我深情地一吻
不让你说更多赞成的话语了

我爱你
是因为我们都是这样的不甘于麻木
我爱你
是因为我们都是如此地执著于美好

我们属于那片遥远的大海
那里有真正属于我们的花朵和邻居

夜谢幕星辰远去
为理想私奔的情侣
能听见自己紧张而兴奋的脚步声了

夏至拉萨夜未央

  白天的拉萨最吸引人的就是头顶的蓝天了，那样的蓝没有亲眼所见无法凭空想象。而夜的拉萨自有她独特的魅力。白天还是艳阳高照，热气逼人，到了晚上又好像是换了季节一般，明月当空，凉风拂面！

  拉萨的夜不是璀璨的亮，但到处可以看见星星点灯。漆黑中有满天的星辰诗画一般，有街边的路灯忧郁的照明，还有月光柔情似水温柔的倾泻。

  龙王潭公园是晚上七八点的好去处。公园的林荫小道里有散步的老两口，恋爱的青年，也有树下独自思索的流浪人。经过重建之后，公园面貌今非惜比。翠绿的老树依然是公园的主调，湖水依然深绿，水清林幽，古柳蟠生，碧波清澈。

  从龙王潭看，布宫显得更加雄伟壮观，陡峭的山崖，红白相间的墙壁都诉说着一个苍老的故事，而夜色的遮掩又为布宫增添了几分神秘。

从龙王潭出去向南，走不远便是布宫广场了。布宫广场号称是世界上海拔最高的城市广场。广场上到处绿草荫荫，且有绚烂的照明灯，美丽的音乐喷泉。从这里看夜色中的布宫，使人深信这座奇迹般的建筑是浮在天上的宫堡，亦真亦幻，玄妙无比。

从布宫往东是八廓古城。没有了白日里熙熙攘攘的人群，夜晚的八廓在路灯的照耀下显示出别样的柔情。光滑的石板路上还残留着白天太阳直射的余热，零星的信徒五体投地地在石板路上用身体丈量着这条古老的街道，带着宠物狗漫步的市民走走停停，放学回来还没来的及放下书包的小朋友在街角跳皮筋，滚铁环，有说有笑。和白天里热闹非凡，游人如织的八廓街相比，此刻的八廓街才恢复了她本来宁静安详的面貌，在将一切交还给游客、商贩和太阳之前，和一直与她相伴的居民们享受这短暂而温暖的夏夜。

从幽静的八廓街里走出去，各种各样游客的酒吧顿时将古城的夜色变得昏暗暧昧。失意的，迷茫的，缺氧的游客在这些古城的小酒馆里相聚，品尝拉萨啤酒的甘甜，寻找旅行中的故事。

从这些小酒馆里出来，在八廓商城门口，上百个大小不一的小摊点你挨我我挤你的将商场外的广场打造成了一个人头攒动的夜市。摊点上所售商品琳琅满目：佛珠、绿松石、披肩、尼泊尔服饰，应有尽有。在看一个颇具才华的手艺人现场制作一个藏式手串的时候，能听到不远处流浪艺人空灵的歌声。

夜的拉萨，东边宁静，西边喧哗，中间是布宫天上的凝视！

从布达拉宫往西走又是一片不一样的夜景了。布宫以西是本地人的夜生活，几乎每走上个几十米便是一间酒吧，拉萨的男女，是泡在酒吧里的男女。红男绿女，眉来眼去，觥筹交错，杯杯豪饮！

跟着西郊的酒吧一同开门营业的还有街头大大小小的小吃摊。不论是德吉路上的南北大餐，还是北京中路上的串串，抑或是夜市里的烧烤，只要天色一暗，摊点伙计吆喝一声就能招来满桌的食客。嚼烤串的，啃骨头的，吃羊蹄的，各类美味夜宵与夜啤交错，食客们撸起袖子划拳、摆龙门阵，边吃边喝，有说有笑，自得其乐。

当繁星替代云朵成为天穹的背景，当皎月替代烈日把柔和的光撒向古城的夜色，拉萨这座以蓝天白云著称的日光之城，卸下了白天里无数个标签式的风景和定义，在夜色的掩护中显现出一座古老而年轻的都市所特有的厚重与生机。

转经

早晨经过布宫的时候
比这座神奇的宫殿
更令我震撼的是
前面转经的人群

长长的队伍
看不见终点
坐着轮椅的老人
背着孩子的母亲
牵着放生羊的老奶奶
男的女的
康区的后藏的
再冷的冬天
再看不清路的凌晨

这个长龙般的队伍

寂寞无声地推进

脚步缓慢

却风雨无阻

每天早上

我从车窗里

看这个不变的风景

在想

那事实上是一场行走的演讲

讲给这座城里的有情众生

有人听到了么

乡亲

去了日喀则，最能发现藏人的可爱。

日喀则人首先是谦卑的。对于几乎所有的人，包括陌生人，他们都能表现出一副毕恭毕敬的谦卑样。遇到他人，日喀则人脸上总挂着一丝善意而谦逊的微笑，同人说话，日喀则人语调轻缓，偶尔还会不好意思地吐下舌头摸下脑袋，憨态可掬，可爱十分。

日喀则人饮酒与人碰杯，双手持杯，毕恭毕敬，非要将自己的身子弯成一个弓，非要将自己的杯子置于对方杯子的杯底方肯一饮而尽。日喀则人的谦卑从日喀则的一句谚语可见一斑：就算是对路边的石头也要心存十二分的敬意。

日喀则人其次还是勤劳的。日喀则是西藏的粮仓，绝大多数的日喀则人都是勤勤恳恳的农民。男人下地干活，女人在家带孩子、喂牲畜，做饭酿酒。日喀则人不仅种自己的地,在西藏的一些其他地方,你也能看到日喀则人在那里开荒拓地。可以说,哪有日喀则人,哪里就有一片片绿油油的青稞田。

除了务农、在外打工、在学校读书的,在机关事业单位上班的日喀则人也是不乏其数。西藏有个笑话说,从布达拉宫的宫顶仍一个石头下来,保准能打到一个正在匆忙赶去追逐梦想的日喀则人头上。

日喀则人还格外豁达。这一点从日喀则人对来自他人的冷嘲热讽的宽容和对自己无下限的自我嘲讽可见一斑。日喀则人一直以来是很多地方的人喜欢拿来开涮的对象。他们的老实巴交,他们在外人听起来有些老土的方言,以及他们极具喜感的带有日喀则口音的普通话都是很多西藏人茶余饭后的开心话题。日喀则人在听别人讲这些针对自己的笑话时候不但鲜少恼怒,很多时候竟也能跟着大声一起笑出声来。傻,有一点,但更多的是豁达。

日喀则人真正的豁达还在他们自嘲的能力。哪里有一片笑声,哪里就有一群日喀则人。日喀则老爷们在一起侃大山,基本上是忘情的自我调侃。他们喜欢自我嘲讽,以此博得大家一乐。日喀则人的话题里几乎不涉及他人，也极少谈严肃的事情，他们最喜欢侃大山，也最知道祸从口出的道理。

日喀则人最被人津津乐道的可能是他们对酒的热爱。你在位于日喀则市区的后藏名寺扎什伦布外面经常能看到在大马路边席地而坐，把酒欢唱的日喀则人。他们如此忘我地喝酒，如此忘我地唱歌，全然不理会周围游客和外地人惊诧的目光。朝拜寺庙的时候，严肃地祈祷，朝拜完毕，就在寺外把酒言欢，不醉不归。这即有藏族传统当中出世入世，世世分别的概念，也不乏中原古人今朝有酒今朝醉，一滴何曾到九泉的潇洒豪迈。

朝拜之余都如此不敢错失机会喝酒，那么婚礼喜宴什么的更是无酒不成席。

日喀则地区的婚礼要持续整整七天。七天的婚庆时间，是青稞酒和歌舞的海洋。客人一旦进了屋，主人便将大门锁上。女主人从端坐桌子中间的巨大酒壶里舀酒，右手拿着酒勺，左手在酒勺下接住从酒勺滴漏下来的青稞酒，走到一个客人面前便是一曲悠扬的酒歌。客人端着银质酒杯，盘腿而坐，侧耳倾听女主人的歌声，曲毕杯空，女主人再斟满，客人轻声道：

酒美歌甜。女主人敬毕，席间客人已然醉三分，纷纷起身也要跟着主人给其他客人倒酒唱歌。如此你一曲，我一杯到天亮，日喀则人方才罢宴回家。

除了婚宴等节假日，日喀则的酒文化还体现在日喀则人的日常里。

在日喀则碰到朋友，首先去吃饭，不像其他地方，日喀则人吃饭时候就是严肃认真的吃饭，期间无多饮酒，也无太多喧哗。但聪明的人都知道在日喀则吃饭要悠着点吃。因为饭刚吃饱，日喀则特有的"酥须"紧接着就上桌了。所谓"酥须"，就是饭后酒。晚饭若是面，就在吃完面的大碗里盛满酒，晚饭若是饭菜，饭桌前摆上三四瓶酒，碗拿起来，就要一饮而尽，瓶子喝起来中间也停不得，你若是落在最后，还要再加一大碗或一瓶酒作为惩罚。客人完成任务，主人在客人的左肩点上一小搓糌粑表示任务圆满完成。也就是说，这一大碗酒没有喝完，你既不能起身，也不能进行任何其他活动。刚去日喀则不了解情况的朋友看着饭菜可口，一通狼吞虎咽，待到"酥须"时分便是受罪万分。日喀则人吃饭不仅细嚼慢咽，还会适可而止，他们知道要把肚子里一部分空间永远留给他们最心爱的美酒。

"这早晨的美酒,要一口一口的品,这晚上的美酒就要大口大口地喝。""酥须"才罢餐桌边又响起了悠扬的日喀则酒歌,日喀则人这才算是正式开喝。而此刻,外地的朋友们早已醉倒了一片。

罗布林卡

在我走进罗布林卡之前

我把所有的现实放在检票的门口

我要孩童一般的纯粹

因为里面是一片梦幻

金色的宫殿鲜花的簇拥

垂柳下的湖泊里

有懒懒的鸭子

肥大的金鱼

一路有夹道的鲜花翠绿的古树

最重要的是平日里这里很少有人

难得如此静谧的白天

只闻鸟语花香

我也如同这里的动物一般

慢慢地慢慢地

走走停停

看一朵花上的露珠闪闪地发光直到慢慢地

滑落

听风吹树木哗哗作响亦琴亦诗

也停坐在一位转着经桶的老人身边

闭目听她嘴里吟唱般的念经祈祷生灵自在

万物和谐

有时候我会来到一座寺庙里面

没有游客的喧哗

信徒也绝少来此

只有护寺的年迈喇嘛低沉的吟诵

这样我就可以安静的

虔诚地走到巨大的佛象前

跪地仰望观音无限的慈悲

瞬即融化我所有的情绪所有的善恶

这样的一个下午过去了

我在出口处重新拾起现实

高兴地对守门的老者说

我爱罗布林卡

这里是我世外的桃园

老人转着经筒笑着问

什么时候能发现你内心深处的那片桃园

远方的西藏

我在厦大上的第一堂课上介绍起家乡的时候,激情澎湃地描绘了一番西藏的天空。"如果你没有到过西藏,你就永远不知道蓝天到底可以有多蓝。"我充满骄傲地向同学们介绍。厦门的天也是蓝的,但和西藏的天又是迥异的。西藏的蓝天不仅能给你浩瀚而沉静的慰籍,它总能让你随意间的一抬头变成随后的沉醉其中。坐在家中的院子里,看着寂静湛蓝的天空,人沉浸其中,就连仰望天空的主观感受也同你所有其他的情绪在天空中消融、消失。

这种对故乡天空的自豪感是在北京看见那里的天以后才有。那时候小,寻思着大概西藏如此独一无二非常重要的原因就是因为那里的天空。那里的天空跟北京孩子在语文课本上读到的一模一样,天空澄碧,纤云不染,远山含黛,和风送暖。

西藏的山，也是在我离开西藏很远很远的时候才瞧见了它的壮美。小时候，我喜欢电视里出现的那些青山绿水。尤其喜欢那些在云雾中挺拔的山脉，它们身披绿色的植被层峦叠嶂，在云雾中看起来既雄伟壮观，又有些佛性禅意。我当时看着县城周围的山，就想我们的山为什么如此荒芜光秃，看起来没有半点生机。

许是那时候小，喜欢山清水秀。但是在我来到厦门以后，我才开始慢慢体会到西藏的山所独有的那种苍凉孤高之美：以三四千米的海拔作为起点，座座都是六千米、七千米，各个都是"直刺苍穹，欲与天空试比高"。在蓝天白云的映衬下，西藏的山孤傲地站立在高原的天地之间，不言不语，像是一个个历经岁月沧桑的武士，在沉静荒芜之下蕴藏着狂野不羁。

每天早上，当高原强烈的太阳像情人灼热的眼波，照亮一座座山脉，高原男人们坚毅的目光从自家的窗子里注视着周围的群山，向它们永恒的孤傲致敬。

对西藏的天和山的迷恋都是始于离开家乡之后。在离开之前，西藏的一切对我并无特别的吸引力。山是山，天是天，河是河，离开西藏之后，有了那段距离回眸故乡，才发现圣地之圣，正在于山是山的姿态，天是天的颜色，水是水的模样。一切朴素而又本真。

发现西藏的美，都需要一段距离来欣赏，这不仅是因为她轮廓之磅礴壮观非得需要距离才能看全，也因为当你离开西藏以后，距离变得越来越远的时候，你才会开始认真的去发现她的美。

青春

足够的美酒也不够让人忘记
足够的风景也不够让人驻足

我知道有一间蓝色的小木屋
在那片油菜花里孤独地矗立

我知道有一处清澈的小甘泉
在那坐峡谷的深处日夜独唱

花季灿烂了多少青春的面庞
回忆却困住了多少往后的年华

二、路上

最后我要在这里被抬上天葬台了,随鹫飞向高空很高很高,在还没有被太阳融化之前,最后一眼深情俯瞰我走过的旅途:那片风景如此迷人。

走出白朗

如果你有幸在每年的七八月份到白朗县周遭走走，可以看见一片片绿油油的青稞在山谷中随风摇曳，金灿灿的油菜花在年楚河两岸绚烂绽放，一户户白色的农家楼舍依山散落，屋顶烟囱里的白色蜿蜒向上，配上湛蓝的天空和一簇簇洁白的云朵，那绝对就是一副色彩斑斓的油画。

我的童年就是在这样一座风景如画的小县城里度过的。那是九十年代初，当时县城里四个轮子的车子少见，有电视机的家庭也是屈指可数。孩子们放学回家做完作业便出门跟邻里邻外的小伙伴们玩在一起。有时候去爬树，看谁能将自己的帽子挂在树的最高处，有时候去县城山坡下废弃的仓库里玩捉迷藏，还有的时候跑到县中队大门口看武警战士们练习擒敌拳，边看边跟着一招一式模仿，坚信如果哪一天这一套擒敌拳全部不落地学到手，那应该就是传说中的身怀绝技，便可以辍学跑去闯江湖了。这样玩直到玩累了，直到太阳下山，小县城被夜色笼罩了，小伙伴们又结伴去家里有电视的孩子家看藏文版的《西游记》《封神榜》，约莫晚上十点多，月光照耀下，大伙儿才略带倦意地各自回家，到家喝上一大碗青稞酒解渴，很快便呼呼入睡直到天明。

我家五个小孩，我和弟弟姐姐在白朗县上小学的时候，两个哥哥已经在内地读西藏班了。把家里的孩子全都送去上学当时在县城里还是件新鲜事。人们说，上学啊，就像那年楚河，谁知道哪里是个头，还不如出外打工来钱快。在这样的观念指引下，除了被认为有前途，将来能当上"干部"的孩子外，家里其他孩子的人生早早被长辈安排好：有的跟着师傅去画唐卡，有的去做木工，年纪稍大，身强力壮的去城里工地上打工。总之，家里的孩子，特别是男孩子，在当时的白朗是家庭收入的重要保障。因此，家庭条件最好的也往往都是有最多劳动力并将这些劳动力简单粗暴地转化为直接经济价值的家庭。

那都是九十年代初的事了。现在的白朗县依然是西藏的粮仓，但糌粑的生产已经实现了产业化，庄稼人的日子比以前更好过了。跑工程的，织氆氇的，搞各式各样特色买卖的，大大小小的致富带头人在这个小县城里也是越发多了起来。县城里虽然谈不上车水马龙，但孩子们对车子早已见怪不怪，坐上自家的车子赶去日喀则市过个周末也算是稀松平常之事。日子好了，谁家的父母不愿意送孩子去上学。何况，很多家庭已经尝到教育的甜头：孩子毕业，工作体面，生活也越发富足。最重要的是大家已经开始默认戴着眼镜的"文化人"比脖子上戴着金链条的"有钱人"更值得尊重。这是近年以来的事情了，回想九几年那会儿，对待教育，人们心存疑虑。

　　我父亲决定把家里的五个孩子全部都送去上学的时候，亲朋好友没少开导过他。大概的意思是说家里四个男孩子，其中两个送去学点手艺或者到外面务工家里的日子就要红火多了，都送去上学家里喝西北风啊。

　　我父亲属于县城里最早一批去过内地的人。1978年，父亲在当时的咸阳民院进修，正好赶上国家恢复高考，父亲亲眼目睹了一批又一批的年轻人走进象牙塔，通过大学教育得以改变命运。虽然父亲没曾提及过，但我相信是那个时候的所见所闻，浇灌出了父亲对教育的信仰。

"再苦也要把你们都送到内地读书！"父亲经常边喝着茶边告诉在一旁写作业的我和弟弟，"不读书，你们一辈子就在这小地方困着了。"实际上，现在回想，白朗县是一个非常宜居的地方，从前的花草树木，蓝天白云还在，而现代化的汽车、商店、学校以及医院等基础设施又一应俱全，相比嘈杂的城市，我更喜欢白朗县。不过我明白父亲的意思，他希望我们能像两个哥哥一样走出白朗，去看看外面的世界。

"骏马从来不贪恋本地的草原，因为在跋山涉水的奔途中有比草原更加绚烂的景色。"这是父亲常常挂在嘴边的一句话。

要想看到父亲口中的外面世界，在九十年代初的西藏，小升初考试是一次最好的的机会。小升初考试对于西藏的孩子意义之重大不逊于高考。考的好，可以去内地读西藏班，考的最好的，可以去北京西藏中学。

因为有两个优秀的哥哥，父亲对我进行说教的时候总少不了带上两个哥哥："不要整天吊儿郎当的，你要是考不上内地,你还有脸见你的两个哥哥么?""我当然要考上内地,还要考北京!"我信誓旦旦。

在日喀则白朗县完全小学六年的时间我算不上是一个学习用功的孩子,但上天眷顾我,凭借我当时那点小聪明,12岁那年我以优异的成绩如愿考上了北京西藏中学,当时在县城里一阵轰动。

收到录取通知书接下来几天,家里变得格外忙碌了起来。父亲进城给我买新衣服,母亲在家里给我准备各种吃的。我的行李箱几乎就被糌粑、奶渣、卡赛、炒青稞等零食塞的满满当当了。每天家里都有亲朋好友前来送行,家里又出了个考上内地的小孩,许多叔叔阿姨都纷纷向父亲母亲讨教育儿经。父亲母亲自然是高兴万分,只是我姥姥每每跟人说起我,眼泪就止不住掉下来:"天知道北京是个什么样的地方,这么小让孩子去那么远的地方,真是舍得啊。"

出发那天,我穿上了爸爸买的一套黑色小西装,脖子挂上妈妈在札什伦布寺求来的一条护身符,姥姥给我献上了一条洁白的哈达,轻吻我的额头,嘴里念着祈愿经。弟弟一大早就哭,哭的满脸通红,他知道以后他要一个人玩了。

我当时并不知道北京在哪里，但我知道生平第一次我要去一个很远很远的地方。我在县城外同家人告别，车子缓慢驶出，留下后面一路尘土飞扬，很快父母挥手的身影就在我身后渐行渐远直到消失，离别的泪水第一次不听使唤湿润了我稚嫩的脸庞。再回家已是四年之后了。

从贡嘎机场飞到成都，北京西藏中学的老师已经到成都来接我们了。当晚，来自西藏各个地区的大概有70个孩子被统一安排在成都的一家宾馆里。一下子认识这么多小伙伴，离家的伤感很快烟消云散，小伙伴们各自从行李箱里拿出各具特色的零食分享，一边吃一边介绍自己，宾馆的大房间里顿时变得格外热闹了起来。

在成都的两天里，我不敢像来自拉萨的小朋友一样随意出门，但光住在那样气派的招待所里，看见天花板上呼呼打转的电风扇，床上盖着的蚊帐，招待所窗外的车水马龙以及远处鳞次栉比的高楼大厦，我对内地抱有的巨大的好奇心已经得到了极大满足。

初生牛犊不仅不怕虎，而且还很容易适应新的环境。来到北京以后我很快就融入到了北京西藏中学的生活。唯一让我们这些个来自日喀则的孩子感到为难的是当时我们只会说一些最基本的普通话,比如,你好,食堂在哪里,我饿了。我离开家的时候父亲让我千万把这几句话刻在心里,他说会说这几句不管到哪里起码饿不死。

刚到北京,老师上课的时候究竟讲什么我们几个来自日喀则的同学都有些云里雾里,到学校外面的小卖部买个牙膏都要用手比画半天,到最后也很可能是买到一个牙刷回去。

不过有了好的语言环境,对于十二三岁的孩子来说学习一门新的语言的速度超出很多人的想像。没等半年,来自日喀则的小伙伴们不用拉萨的小伙伴陪着,也能去和平里大厦买球鞋,还能跟售货员讨价还价半天。父亲在我临走的时候告诉我他要供三个孩子在内地读书,不容易,所以必须要买点什么东西的时候,一定要砍到价格的一半再往上一块一块地加。"商店里卖的东西,它们的价格起码是实际价值的3倍"父亲好几次边收拾着我的行李箱边自言自语似的说。我不仅记住了父亲说的话,也是按他说的去做的,要买一双50块的球鞋,挑个商店里舒服的长凳坐下,然后对着售货员阿姨从25块钱一块块的往上加。我估摸售货员阿姨也没见过这么倔强的小顾客，通常情况下都会在我加到30块左右的时候手一甩，扔下一句"这孩子！"便转身去把球鞋装好拿给我。

会说普通话以后没过多久，我们就开始用汉语写日记了，描写校园里花之色彩绚丽，描写班长大人的大公无私，描写班主任的含辛茹苦，描写祖国母亲的繁荣昌盛。再很快我们又开始用刚刚掌握的汉语学习起了英语，认识了李雷，爱上了韩眉眉。就这样大概十四五岁的时候，北京西藏中学的很多孩子已经为自己日后成为藏汉英三语使用者打下了坚实的基础。

要说北京西藏中学最令人难忘的，除了那里待学生如自己孩子的老师们，再其次就是共同生活了那么多年的同学们。我们从十二三岁就开始一起生活，一起读书，一起玩耍，一起过节，一起春游，一起分享彼此的快乐，也一起分担成长的烦恼。四年下来，我们几乎形影不离，亲如一家。有人担心孩子那么小离开家那么久会不会对身心发展带来负面的影响，如今回头看那些年，我认为比起负面作用，从小和一群来自西藏不同地区的同龄孩子一起生活、学习、成长给我们带来了更多积极向上的东西。比如，内地西藏班出来的孩子通常性格更加开朗，生活更加独立，重情义，好相处。

17岁那年，我完成了四年的初中生活，第一次从北京回家。飞机降落在西藏贡嘎机场的时候，当年的孩子们已经长大了许多。看见父母在人群中寻找自己的身影，我们个个哭成了泪人。四年的时间里，我们长高了很多，父母苍老了许多。

在一个多月的暑假时间里，我们格外珍惜同父母在一起的每分每秒。我们知道自己很快又将远行。长时间的离别不仅没有淡化孩子和父母之间的感情，反而催促孩子心智上更快的成长，更早懂得了珍惜同父母在一起的时间。

那次暑假父母都很高兴。看到我变得又白又胖，父亲说看来首都人民待我儿不薄。两个月之后，我再次以优异的成绩被北京西藏中学高中部录取，又踏上了一次漫长的求学路。临走的时候，我又一次哭成了泪人。去机场的汽车经过布达拉宫的时候，我在心里默默祈祷父母安康，三年之后幸福团聚。

到了北京以后，我打开箱子，除了衣服、糌粑和零食之外，箱子的最底部还有一封父亲写给我的信："亲爱的儿子，走出白朗，走出西藏，我们替你骄傲。和离别的疼痛比起来，选择远行能给你带来更多生命的彩礼。愿你旅途不断，感悟不断。"

在北京西藏中学三年紧张的高中生活之后，我又以优异的成绩考上了厦门大学，成为厦门大学招收的第一批藏族学生之一，开始了又一段新的旅途。2005年7月大学毕业，在内地总共学习生活了11年之后，我回到了日思夜想的故乡。

然而，那颗爱上远行的心，在拉萨工作将近五年之后，又一次跃跃欲试。经过大约两年时间的准备，2010年，我被美国堪萨斯大学教育学院录取，同父母深情地告别，又一次踏上了一段全新的旅途。在异国他乡两年的学习生活之后，2012年我坐上了回家的飞机，飞机从纽约机场起飞的时候，我在心里默默祈祷："祈愿归去不是终点，愿旅途不断，感悟不断"。

2016年，我再一次离开了故乡到新加坡南洋理工大学读书，继续我的旅途，继续我的感悟。

今年的假期，我又回了一趟白朗，那个梦开始的小县城。年楚河依然如同儿时的样子，在狭窄的河口如同万马奔腾,气势如虹,在宽阔的河段又展开身段平缓如湖,河岸两边杏黄的油菜花田依然那么壮美瑰丽,在微风中婆娑起舞。只是家门口以前爬了又爬的那棵树已经长成了参天大树,傲然矗立在白朗县的高天厚土间。看见当年同父母作别的路口,又想起了父亲的那句话:"骏马从不留恋本地的草原,因为在跋山涉水的路途中有比草原更加绚烂的风景。"这是父亲对远方的定义,也是我这十几年来在远方的领悟。

年楚河

童年时家门口的小河流
是你唱给我们的一首童歌
你知道村里的孩子们
将在那里找到许多的乐趣
冬天滑冰夏天游泳
那条河就是我们全部的童年

农田里的细流是你放飞的鸽子
你知道村民们将用它播撒希望
糌粑和青稞酒香
弥漫那个美丽的山村
长大离开家乡的时候
你又一路的
跟随我们的车轮

从那条细小的河流开始

慢慢地变得粗放起来

在陡峭的山崖之下

奔流咆哮

犹如千军万马

在旷达的平原处

展开身段

又如一面浩瀚的平镜

可以看见

有数不清的梦想

在你河面之上

五彩缤纷的流淌

阳光下的班级

北京市朝阳区北四环东路高原街1号，多年以后再看见这行地址，我想北京西藏中学毕业的校友们都会在内心里涌起对母校深情的回忆。红瓦白墙的教学楼，展翅欲飞的雄鹰像，严慈相济的老师们，还有那些陪伴着一起长大的小伙伴，那段青春的岁月在我们的身后被遗忘的越是久远，召唤我们回归的声音便越是难以抗拒。

许多事物只有在我们与其产生了足够的时空上的距离才能将之看的更清楚。离开这么久后回望，北京西藏中学现在想来与其说是一所学校还不如说是一个大家庭，或者说她既是一所学校更是一个温暖的大家庭。每个周末，女同学们集体出动帮男生洗衣服、高年级的学长学姐们带新生游京城。每年春游，同学们终于可以脱去校服换上休闲装的时候，为了让家庭条件相对困难的同学也有漂亮的衣服穿，每个宿舍几无例外把校服之外的衣服全部集中放在大衣柜里，春游前的晚上各自在里面挑选喜欢的衣服。有同学生病住院，大家轮流到医院照顾，藏历新年的时候同学们换上藏装欢聚在一起迎接新年的到来。这样家庭般的氛围在94级二班里表现的更加淋漓尽致。

1994年我们来到北京西藏中学的时候，七十多个人被分成了一班和二班两个班级。我被分在了二班。想起预科二班，首先进入脑海的是我们的老班长。由于个子比其他同学高出不少，上课的第一天大家一致推选大普布为我们班的班长。大普布现在是一名人民公安了，那个时候我们谁会想到腼腆害羞的老班长日后会成为一名公安。老班长当年长的俊朗，且脾气温和，对男生们来说他是一名亲切耐心的好兄长，对女生们而言，他是一个没有脾气的大白，课间永远有一群小女生围绕在班长身边又是撒娇又是卖萌，引得班里其他男生好生羡慕。

我们的女班长阿旺曲珍充满正义感，班里班外但凡学校里有不公道的事情被她撞见，她都要管一管，而且多数情况下管的叫人心服口服。生活委员普穷是一个懂事的后藏大男孩,不管是长相还是行为举止都要比班里其他人成熟一截。生活委员的主要职责是帮助大家进行财务管理。由于预科阶段大家年龄还小,生活费统一有学校帮忙管理。每周四,同学们找生活委员申请取钱。为了避免小伙伴们乱花钱,但凡取钱额度超过五十元都要向生活委员解释要买什么。万一生活委员觉得有所不妥,比如怀疑你要拿这钱去游戏厅玩游戏,普穷就会行使他的权利,果断拒绝取钱申请!

最可爱的还要属我们班的卫生委员次片。由于长的圆胖,加之脾气敦厚,同学们管次片叫机器猫。次片的勤恳和任劳任怨在我们班里众所周知。每周描写人物的语文周记,次片也自然会成为大家笔下的首选。这既是因为次片的外表特征明显,容易找到各种形容词来描写,也是因为她可记录的事迹最多。有一次,有位同学在周记里如此描写次片:"当我走进教学楼第一层的时候,就听见我们五楼的教室里面传来了嚓嚓的打扫声音,我就知道那是我们可爱的卫生委员在打扫教室了。"这段文字显然进行了大胆的艺术夸张,况且有些夸张过头,周一语文课被老师读出来的时候引得全班哄堂大笑,但它足以证明我们的卫生委员次片当时的勤恳与为大家任劳任怨服务的精神。

　　故事最多的可能就是我们的电教委员元旦次仁了。电教委员是管理班里电视机的人。记得当时学校要求除了周末之外的晚上七点各班准时收看新闻联播，一来加强语文水平，二来在那个互联网还没有普及的年代借此了解外面的世界。但是在那样的年龄段，从头到尾看完新闻联播，谈何容易！坐在前排的小不点还没看完新闻联播开头的主要内容介绍部分，头就已经不听使唤的掉向桌面，引得后排的同学们吱吱笑。这个时候，电教委员就要上来杀醒我们："你们知不知道你们一个打盹被巡视老师看见要扣掉多少班级分？"集体荣誉在当时是一种至高无上的存在。流动红旗来到班里的时候大家心里的激动就好比是获得了奥运冠军一般，流动红旗被其他班赢得必须要看着班长将它从墙上拿下来的时候同学们会黯然流泪。调皮的男生还要在班长将流动红旗拿出教室之前将自己的一把眼泪一把鼻涕全往流动红旗上喷。因此听到电教委员说起集体荣誉这四个字，我们坐在前排的小不点再也不敢打盹，强忍困意，愣是将半个小时的新闻联播看的目不转睛！

偶尔电教委员开心的时候,在新闻联播之后,应同学们的强烈要求,我们还会再看会儿其他节目,碰到节目实在精彩,大伙儿集体看得入神,连巡视老师什么时候来到教室门口都毫无察觉。班级也因此要从每周的综合评分扣去相当的分数,周一升旗仪式时在全校范围内进行点名批评,电教委员也自然少不了班主任的一顿训斥!

星期六是我们当时最期盼的时候了。一大早,我们将课桌集中堆在教室的后面,将椅子整齐地摆在电视机面前,各自放上一本书在上面作为占座记号。晚饭之后,同学们便迫不及待地等待着学校小小电视台转播我们最喜欢的各种连续剧,什么《烈火焚情》、什么《银狐》都是我们最喜欢的节目了。把剧中的各种男女主角的名字套在同学身上也成为当时的一种乐趣!当然,很多时候男女生的节目口味大相径庭,女生喜欢看煽情的连续剧,男生爱看激烈的足球比赛,电教委员夹在中间,哪边也不敢得罪,那左右为难,一脸的迷茫到现在还能清晰地出现在我的脑海里。

康巴汉子达瓦,我们的体育委员,脾气冲动,但待人诚恳。每天早上在他铿锵有力的口号声中我们集体出操，爱睡懒觉的男生晚上睡前总要抱怨为什么女生有个"特殊病"可以请假不跑操，男生就没有呢？

预科二班男生最大的生活乐趣便是踢足球了。体育委员把班里个子高的组建成了甲队，像我这样个儿小的男生归为乙队。乙队的每个队员都可谓是生龙活虎，各怀绝技，在大大小小各种赛事中均是无往不利，所向披靡。可惜的是在学校的联赛中真正代表班级出现在联赛上的却是甲队。每当甲队有球赛，所有女生到场呐喊助威，拼命为甲队的队员们撕破嗓子加油，乙队的小队员们看在眼里，伤在心里，恨不得赶紧多长几厘米加入甲队。

每周举行的主题班会有时候表演节目，到现在我也不大理解当年我为什么会主动在全班同学面前跳了一首《爱情鸟》，边跳边唱认真学着毛宁的一颦一笑，同学们看着个个都笑成了花。有时候主题班会还有谈心环节，生活委员卓嘎央宗同学说起拉巴同学的调皮捣蛋扣了多少班级分的时候，边说着边要情不自禁地流起眼泪来。永远笑眯眯的拉巴同学此刻会低下头，不敢抬头面对女生们伤心中带着愤怒的直视。

和这些人这些事告别已经快二十载之久，但回忆起来的时候一切还是那么的鲜活，就好像这只是一个暑假，九月开学的时候大家又能在各自的课桌上认真听讲，认真做笔记，下课以后又能你追我打，好像永远不会长大，永远不会毕业。然而记忆却只是记忆而已。一切如梦一场，梦醒了，都走了，空留恋旧的人在岁月的缝隙里苦苦追寻那些人，那些事。

每个清晨生活老师沙哑的叫早广播中
我们睡眼惺忪地集合出早操
绕着校园跑一圈跑两圈
再累都要咬牙坚持到终点
早自习黑板的角落写着一天的课程表
看到有喜欢的课程满心的欢喜
每周一调整课桌座位和喜欢的女生更近了
莫名其妙的可以吱吱乐上一个星期
站台父亲的《背影》是我们读的第一篇散文
端智嘉的《青春瀑布》是初次沸腾我们血液的文字
最漫长的四十五分钟大概还是那些英语课吧
满脑子都在想李雷和韩梅梅他们到底是不是一对

每个周末把课桌移到教室后面
椅子整齐的排在电视柜前
教室就变成了一间小小电影院
《银狐》《烈火焚情》当年追剧追的我们有耐心
写给家里的信
每周宣传委员统一收集投递
写给隔壁女生的信
到了毕业的时候还夹在书本中间不敢给
教室到食堂之间是条百米的跑道
第四节课快下的时候个个已是箭在弦上
下课铃声响起比赛正式开始
终点是香喷喷的馒头热腾腾的饭菜
班会最煽情的是谈心会的环节
大家敞开心扉个个为班级建设操碎了心
女生们怪责男生太调皮老扣班级分的时候
泪水会夺眶而出湿掉半个衣领
那段花季一直藏在心底的最柔软处
回忆起来总是会有一丝的感伤
如今我们像断了线的风筝各自漂泊
却忘不了高原街一号那些青涩的面庞

这是我在某年参加完一次初中同学聚会以后有感而发写的一段文字，当时想着可以找人谱个曲指不定可以变成我们的班歌，以后每次聚会大家可以把酒高歌，共同回味那个纯真年代。如今翻出来再读，文字稚嫩，结构粗糙，绝无半点歌词之精美，但我想若是有北京西藏中学的校友读起它，也会像此刻的我一样，陷入到对那段青涩年华深深的回忆中。

冷却

北风紧　雨雪不停
一路上收集的阳光
要了多少分多少秒
便在这雪白的终点里
化作了无奈的僵硬

是何方的神圣
让人看见痛苦不能尽情哭泣
遇见快感不能由衷呻吟

究竟是谁
把那个站在起点上

热情似火的年轻人

扔进了一片苍白里窒息了激情

隐身的匕首第一刀挥向热情毫不留情

第二刀刺进胸膛没有哀求的余地

亲爱的曾经谈笑风声等待奋发的亲们

我们是可以雕刻一片美好的时光呢

还是坐等时光将我们磨平

剩下孤傲和不屑

挣扎是徒劳的么

屈服是必须的么

厦门之恋

爱过很多人，但总有一个是最爱的。去过许多地方，总有一个是最难忘的。最难忘的地方有最好的自己和最爱的人。

20岁那年，从拉萨只身飞往厦门，我不知道那是一个什么样的地方。我是第一批来厦门大学读书的藏族学生。

夜里十点左右出租车开进厦大的时候，我还不知道我将在这里遇见我生命中最难忘的朋友、兄弟和初恋。

初中和高中一直在北京西藏中学住宿，对宿舍生活并不陌生。但想到即将要面对的室友清一色都是汉族同学的时候，心里不免多少有些发怵。藏汉文化之间的交流到今天已然实现了全方位的互通。你在北京可以吃到地道的藏餐，在拉萨街头也可以看到闽D的车牌号码。在微博上不同民族的网友互相关注，一起探讨国计民生。但2001年，这样的互通还并不常见。沟通的缺乏导致了对彼此之间许多的误解。高三临近毕业时，室友们每天晚上的卧谈多少会涉及到即将到来的大学生活。其中如何同汉族室友和同学相处常常成为我们探讨的问题。

虽然初中和高中都在北京，但一直以来西藏中学（班）相对封闭的管理模式导致了学校同外界交流的缺乏，致使内地西藏中学的学生虽然一直身处内地，但对内地和汉族同胞知之甚少。这也是许多内地西藏学校（班）共有的弊端。我们当时的卧谈当中对汉族同胞下的很多负面的定义到后来都被证明是无中生有的。同样，汉族同学对少数民族同学广泛存在的误解甚至莫名的惧怕当时更是普遍的存在。这种误解和畏惧反过来又伤害了藏族同学，久而久之成为了一种恶性循环。

从机场到学校大概四十分钟的车程，出租车把我送到了芙蓉十二门口的时候，我只是觉得天气有些闷热难耐。等在宿舍楼门口的学生会学长礼貌地向我问好然后不由分说地拿起我的行李将我带到了寝室门口。

我谢过学长，目送他离开，然后抬头看了看宿舍门号，没错，就是606！做了个深呼吸，调了调牛仔帽帽檐，挂起了一个充满善意的微笑，推门径直走进去。我要给他们留下一个美好的第一印象。

进了门，寝室里立刻炸开了锅。有人从床上蹦下来热情的跟我打招呼，有人帮我把行李装进柜子里，还有人不断地从头到脚看我一遍又一遍。大家都是第一次见到藏族人，因此看起来十分兴奋却又不敢问太多问题。

跟大家第一次见面，蔡斯怡同学给我留下的印象最深刻。蔡同学皮肤黝黑，这很自然的拉近了同我的距离。"明天我带你去学院报到。"斯怡坐在床上对我说。在后来的四年大学中，斯怡成为我不二的基友。我们一起打球，一起上自习，一起拿着早餐，踏着钟声，睡意朦胧地奔向教室。芙蓉湖边留下了两个毛头小子多少的欢笑声。

大学四年，有两件事情大家最是难忘：深夜卧谈和周末舍搓。卧谈的内容天南地北，我们聊易中天，聊周杰伦，更多的时候聊日语系里的美女。宿舍里就舍长一个人读日语专业，舍长躺在床上双手抱头，耐心回答我和斯怡问的每一个问题，告诉我们小晶同学喜欢什么样的男生，丽丽同学和学生会主席如何暧昧，芳芳同学如何高冷叫我们早些断了心思。舍长讲起日语系里的这些美女，如数家珍，语气中略带几分骄傲。

我和斯怡趴在床上，半个脑袋伸出床头，看着下铺的舍长，听得激动万分。永恒时而打叉要谈起他在华侨大学里的闺蜜，说她长相气质如何可以甩日语系的美女几条街出去。张彬总能把舍长和永恒嘴里的这些美女同日本爱情动作片里的各种女主联系起来，惹得娇羞的新城同学不禁咯吱咯吱地闷笑。最后往往是建华作出总结性发言："洗洗睡吧，明天一大早还要出操！"

除了卧谈，最令人难忘的还有舍搓。宿舍里的几个兄弟周末一起在环岛路边的大排档里大口吃肉，大口喝酒。你一曲酒干倘卖无，我一曲青藏高原。一曲歌，一杯酒，一阵阵朗朗的笑声，在整个大排档里，就属我们的桌子最热闹。

05年6月30号是我毕业离开学校的日子，我收拾好东西，同室友们一一道别。除了同亲人道别，我很少有过那样的伤感。我知道一段美好的旅途就此结束，大家曲终人散，各自踏上不同的人生征程，各自感受各自途中的酸甜苦辣，再相聚，恐非易事。

　　同每个舍友道别之后，我这才发现不见斯怡的身影。"这小子八成是去约会了。"舍长吾能卫说。我想想也是，斯怡比宿舍里的其他室友要小好些岁数，大四快毕业的时候荷尔蒙才开始大肆分泌，整天要不对着小灵通在床上同各种网友夜聊，要么就是同各种学妹约会。我背起大大小小的行李包，最后再深情环视了一遍这个有过多少欢声笑语的寝室，同兄弟们再一次一一拥抱道别，强忍着眼泪走出宿舍楼，坐进了停靠在宿舍楼下的出租车。

　　出租车慢慢从芙蓉楼左转驶向白城大门的时候，后视镜里出现了一个奔跑的影子，那是斯怡。这一幕有些落入了各种电视剧里分别的俗套，但这一切就这样真切地发生了。我赶紧叫师傅停车，斯怡不由分说一屁股坐进车里，也不知道从哪里搞了一条哈达献给了我。车里我们的话不多，都是一些诸如"很快会见面"之类的话，但当时我们都明白西藏厦门，天南海北，这一别不知何时才能再见面。

　　我在快离开厦门的时候请室友们在一个本子上写

下分别的留言。现在想起来这真是我做过的一件最好的事。回到西藏以后，我时常打开这本留言册，看室友们的留言，许多已然淡忘的往事又历历在目。那些青春的脸庞，那些深夜里的卧谈，那些在KTV里的鬼哭狼嚎又真切地浮现在眼前。

留言册的第一页是斯怡：

2001年夏末的一天，芙蓉十二606，七双眼睛盯着正对面的那张空床，讨论着这个叫"益西旦增"的小伙子会是什么样。

从听说我们班几乎全是女生的惊吓到听说将与我相依为命的唯一的哥们是个西藏小子的惊喜，期间无数次想像同你的遇见：藏族人……会不会老拉着我跳舞呢？我刚见面要说什么？是不是要表现的热情点，显示汉族同志的热情，祖国母亲的关心…还是别乱说话，少数民族有很多的忌讳。西藏…我终于又与它接近了一步，至少认识了个西藏的，全校还就我一个人呢！

"这位同学是你们宿舍的最后一位。"

"哇嘞，不是西藏的么？怎么跑了个牛仔出来？"

"中文行不？"

我带着各种不解充分地表现了东道主的热情，主动帮你，还许诺带你到学校办手续，逛校园，其实当时我也是只比你早一天到而已。

　　两个不同民族的年轻人就是这样开始了一场真挚的友谊。在后来的日子里民族的界别慢慢淡去，有的只是两个年轻小伙子之间无限的基友情谊。这样的经历在我去美国读书的时候使我受益匪浅。在许多留学生顾念于国家、民族、地域甚至宗教的区别而不敢轻易同来自其他群体的学生交往的时候，我明白人和人之间感情的建立并非想像那般复杂。在美国两年的时间里，我认识了来自刚果、韩国、日本、沙特、卡塔尔、俄罗斯、塔吉克斯坦以及外蒙古的朋友。不管同谁相处，只要放下偏见，便能做到情真意切。

　　别人都说离别的颜色是灰暗的，但厦门的离别却如凤凰花一般灿烂。一个阳光很好的下午，你说"出去照点相吧，我想带些风景回去。"从白城到珍珠湾，一路我们欢声笑语，把这一张很man的脸一次一次地装进厦门海边的风景，打包成凝固的回忆。走吧，佛的孩子，回到你那离天最近的地方，带着所有的回忆，好的坏的，在你背影之后，是606所有兄弟们对你的怀念与祝福。

无论何时,始终有我们同你对酒当月,望望东方,那里曾经是你的家,也将永远是你的第二个家,常回来看看。

这是阮新城的留言。我没有辜负新城,厦门确实从此变成了我的第二个家。只要时间允许我都会从拉萨不远万里飞去厦门看看兄弟们,每次见面,我们犹如当年,有说不完的话,喝不完的酒。

忘了是在哪里看到过这么一句话:大学宿舍里的楼管是世界上最神圣的职业,他们不经意间将几个名字排在同一个宿舍里,无意间便决定了许多人一辈子最好的朋友会是谁。对我来说,真如此,606 有美好的回忆,606 里有我挚爱的兄弟。

除了收获真挚的友情,厦门还给了我初恋。

毕业 4 年之后的 2009 年我再次回到厦大,和斯怡、张彬、吾能卫一起去逛校园。从西门走进,我们走过群贤楼,路过三家村,看下弦场上奔跑的身影,芙蓉湖边卿卿我我的情侣,还有两两三三拿着篮球跑向球场的毛头小子有说有笑,像极了当年的我们。

经过石井楼下的超市,"快三秒"奶茶店已然被一个杂货店取代不见踪影。"快三秒"奶茶店是当年厦大人的集体回忆之一。对我而言更是如此。"快三秒"门口的阶梯上有我对初恋的回忆。

每天晚上我送她回石井宿舍的时候我们在快三秒门口的石阶上一起喝一杯珍珠奶茶,也是在这里的台阶上,斯怡陪我喝酒,安慰失恋后我那颗几近崩溃的心。

我跟斯怡,张彬和舍长转完了校园便往白城方向走去。在通往白城大门和石井楼的岔路口,我又看见了她的那个转身。所有的故事从那个转身开始。

当年,我俩都不喜欢高数课。一直以来我对数学从未有过任何好感。我不明白除了简单的算数,大多数我们学过的数学题以后会以什么形式帮助到我们具体的生活。但未料大一的高数课却以不能再具体的方式帮助到我具体的生活了:它带来了我的初恋。

高数课都在晚上,每次下课之后我都送她到女生宿舍楼下。在通往石井楼的岔路口作别。那是一个初秋的夜晚,厦大依旧燥热十分。树上的蝉儿一会儿高声嘶鸣,一会儿又默不作声,大概是天儿太热了,蝉儿也感觉到体力不支。那晚高数课之后,我照例将她送到岔路口然后作别,可是她往前走了没几步,我第一次鼓起勇气对着她的背影喊了一句："要不要去海边坐会？"她转身给了我一个意味深刻的微笑，似乎每一次的作别都在等待身后这样的一句挽留。我早该这么做了。

我后来回到厦门，走在白城海边，看见又有许多年轻的厦大情侣在这里或依偎在一起看海，或牵手漫步在海边，就像当年的我们。他们在进行着自己的青春，感受着青春里的故事。我看着眼前的大海不禁感慨白城见证了多少个青春里的爱恨情仇。

我们来到白城海边坐在沙滩上看眼前漆黑的大海。海风轻抚着我们当年稚嫩的脸庞，大大的月亮高高挂在头顶上空，月光像朦胧的银沙织出的雾一样，在树叶上，在石阶上，在石椅的扶手上，在每一粒沙子上，闪现出庄严而圣洁的光。我听到轻柔的海浪拍在沙滩上的微语，像是睡前的晚安。

海风轻拂，我将外套脱下来披在她的背上。高数课上我们有说不完的话，两节课的时间过得奇快。现在我们坐在海边听着海浪声，看着眼前漆黑一片的大海，似乎没有什么话要说，开口此刻变得艰难无比。这样过了很久，海风吹的比之前更大了，我问她冷不冷，她略带羞涩地点头。于是我的胳膊平生第一次将一个女孩轻轻地挽起。我的肩膀第一次让一个女孩轻轻的依偎，夜色中的白城见证了我初恋的诞生。

接下来时间里，每天晚上七点钟我在上弦场的微风中等待她出现在路的那一头。看见她远远的自小路的那一边向我走来的身影，每一次的见面就像是隔了一整个春夏秋冬后的重逢。每一次，她走近我身旁，原地跳起用整个身体抱住我，给我一个轻快的吻，然后双手环抱着我的脖子俏皮地问我："今天有没有想我？"我用力点头，她方肯跳下来，又给我一个轻快的吻，然后说她这一天的琐碎：宿舍里谁和谁闹起不愉快了；周杰伦的《晴天》她听了多少遍还想再听一百遍；安妮宝贝新出的书如何让她动情地落泪；中山路的蓝色小屋精品店里多了一个多么可爱的 Hello Kitty…

如今再想起当年那两个浑身散发着青春气息的男女，心里还会感伤许久。初恋之美，可能就美在两个异常纯真的心灵绝无私心杂念地去倾其所有爱对方。纯真是人世间最美好的东西，我们渴求的就是它。

于我而言，白城银色的沙滩、上弦场婆娑的树叶、环岛路上永远温柔的海风，还有那双纯真而充满幸福地凝视我的眼眸，这一切就像是村上春树在《挪威的森林》里给我们创造出来的青春：潮湿、雾气重重，在越发变得模糊的青春里，那些爱恨情仇变得越发的清晰。每每想起，就像是越过漫长的时光，抚摸一个多年前的梦境。

"少年时我们追求激情，成熟后却迷恋平庸，在我们寻找，伤害，背离之后，还能一如既往的相信爱情，这是一种勇气。每个人都有属于自己的一片森林，迷失的人迷失了，相逢的人会再相逢。"对于遥远如梦境的初恋，《挪威的森林》里面的这句话或许是对初恋最有力的概括，对青春最干脆的挥手："迷失的人迷失了，相逢的人会再相逢"。

鼓浪听涛

思念久了便会溢出来
于是我又回厦门了
走在环岛路上看海
用手机录下满满的涛声
在芙蓉湖边静坐
看嘉庚倒映那片湖水里
雅舍黑糖一整个下午的发呆
多少个庸懒的午后这样柔和地度过
再走一遍上弦场
Seven-Eleven 之恋一生一次

最美的是古浪屿傍晚的散步
迎着清新的海风自在飞花轻似梦
还有那些最真的友谊依旧让人感动
四年之后这一切重现
有时光错乱的感觉
但仍然美好惬意如初

我留这座城在我心的最柔软处
哪里使我感到真实和快乐
哪里就是我的故乡

藏家孩子的留学梦

　　初二那年，时任北京市民委副主任赵书到北京西藏中学和我们一起欢度藏历新年。我和学校里几个孩子跳了一曲热闹的《阿居索朗多杰》。《阿居索朗多杰》节奏欢快，加之几个穿上藏袍的小不点卖力的演出，整个节目赢得满堂喝彩。晚会结束后赵书通过班主任找我做他的干儿子，从此我在北京也算是有了一个家。

　　每逢周末节假日，北京西藏中学男生的主要活动就是足球比赛。但凡没有球赛的周末，我就跑到赵书家玩。说是玩，实际上就是在赵书的书房里看书。赵书书房里的书大多都是国学、民俗或历史内容的书籍，这对一个孩子没有吸引力，但赵书书房一角零星散放着的书虫系列英文少儿读物却成为了我的最爱。书虫将类似《汤姆索亚历险记》之类的西方经典简化成通俗易懂的英语读物，是当时英语爱好者争相阅读的课外读物。书虫系列书籍不仅通过激动人心的故事内容使英语学习变得自然而有趣，同时在阅读的过程中潜移默化地提升了学习者的英语语感。这就是为什么后来到高中的时候，作为课代表，每当同学来问我一道题目的时候，我总能给出正确的答案，但却没有办法向他们解释其中具体的语法规则。我总是说"我就觉得选这个答案整个句子读起来最舒服"。我想这就是阅读了大量书虫系列书籍之后慢慢培育出的语感。和后来以几近疯癫的方式和内容占领了整个中国英语学习课外读物市场的《疯狂英语》相比，书虫是一套安静而优雅的英语学习读物。

赵书发现我在他书房里看的基本都是书虫之类的英语读物之后，对我大加赞赏。赵书告诉我他的一个朋友的孩子因为打小喜欢英语后来出国留学去了。赵书看我对留学的话题兴致盎然，便又从1872年中国首次派幼童赴美留学到1978年恢复高考之后国家公派首批52名留学生飞往美国，再到1984年国家开放自费留学的留学历史从头到尾跟我讲了一遍。

不知道为什么，从小远方和未知的事物对我有着无法抗拒的吸引力，就像当年在西藏听哥哥们讲内地一样，听完赵书讲留学，我立刻变得蠢蠢欲动。我问赵书，以后我也想留学，像您朋友的孩子那样，您说行不。赵书说当然，西藏以后肯定需要大批英语人才，你又这么喜欢英语，我看行。

赵书随意的一句"我看行"成为燃起我留学梦的第一把火。

自从有了这个留学梦，我对英语学习变得更加热情起来。学习汉语把我从日喀则带到了北京，我想学习英语也必然会带我走向更远的远方。

从初二到高三，心怀着留学梦，我对英语学习可谓是孜孜不倦。当你热爱什么的时候，再多的付出都是乐在其中。虽然中学阶段留学梦未圆，但英语给我整个中学生活带来了巨大的快乐。学习一种新的语言就是一场新奇的旅途：新的文化习俗，新的思维模式，新的表达方式。这一切令大脑无时无刻不在经历着新鲜的事物，不断打破你的固定的思维模式，使你的胸襟变得更加开放。我很理解为什么有人一辈子都在学习新的语言，那实际上就是一场对自己大脑和价值领域源源不断的输入、对比和定义的奇妙过程。一场异国之旅有时候可能给你留下一堆风景和美食照片，但对一门语言的学习却可以带领你触碰一个民族的核心思维方式。

2001年高三毕业以后,我的留学梦依然没有丝毫的冷却。在面对报考哪一所学校的时候,我选择了厦门大学英语专业,心想或许沿海大学会有更多可以到国外大学做交换生的机会。然而,四年的大学生活转瞬即逝,留学梦依然遥遥无期。

2005年是西藏大学招聘本科毕业生的最后一年,凭借专八的优势,我成了幸运儿。在西藏大学的工作生活美好惬意。一直能在象牙塔里呆着真真是前世修来的福气。只是我是一个极不安分的人,在一个地方呆久了,就有云重如铅的压抑。毕业近四年后,工作开始变的一成不变,激情和梦想离自己渐行渐远,我那原本就不安分的心开始变得更加躁动起来,留学的梦重又熊熊燃起。

2009年是一个为梦想奋力拼搏的一年。方向变的清晰的时候,脚步就变的十分坚定,再无心思留恋路边的风景。背词汇,练听力,做阅读,写作文,准备托福考试的过程就好比是另一个高考备战,充满艰辛。在拉萨复习了一段时间之后,我索性到成都电子科技大学的宾馆里闭关复习直到考试。

没有一种努力会白白浪费,我一直深信这句话。漫长的托福准备最后有了实际的回报,我以优异的成绩被美国堪萨斯大学高等教育管理专业录取并获得国际奖学金全额资助。十五年后,当初那个看似过于狂野的梦想终于得以成真。没有什么比将一个心中看不见摸不着的梦想变为客观存在的现实更加美好的事情了,哪怕它来的如此缓慢。

父母对于我要留学的事情起初半信半疑。在他们的印象里出国留学要么是旧西藏贵族家庭少爷小姐们的特权,要么就是国家公派科学家学习最新现代科学技术以图救国救民的的国家行为。

父母的疑虑里刻印着他们那个年代的时代印记,二老不知道这么多年过去了,出国留学早已从贵族家庭走进了普通家庭,从一代有志青年的国家民族救亡史成为了不过是高考和考研之外的另一种选择。

2010年8月3号凌晨四点,全家人早早起床。母亲给我献上了一条洁白的哈达,在银质的酒杯里给我斟满了一杯道别的酒。我用右手无名指轻轻地蘸上杯面的酒,弹指一挥,望向拉萨清晨的天空敬神,祈福留学之路一切顺利。母亲自打确定我要出国留学,就一直显得闷闷不乐。"先是北京,后来又是什么厦门,现在又要去别人的国家,你也愿意走,你爸也乐意让你走,真不明白你们父子俩到底想什么!"母亲边往我的酒杯中倒酒,边念叨着这几天她一直在念叨的同一句话。

我不知道如何安慰母亲。我本来想告诉母亲我不想和其他人一样毕业工作结婚买房生子。我想到处走走,到处看看,在走走看看的时候我才觉得我无愧于她给予我的这个珍贵的人生。我想告诉她外面的世界很精彩,想告诉她我想用她给予的这仅有一次的生命去感受尽可能多的东西。但这些我都无法说出口。母亲一辈子就在这座小县城里,她周围的人都是她打小时候就认识的那些人,她去过最远的地方就是到北京看天安门。我因此无法向她解释远方的意义。我只是祈祷有一天母亲会明白,她的儿子在做着他喜欢的事情。

能做自己喜欢做的事情,哪怕短暂,哪怕日后需要付出代价,总比因为害怕付出代价而选择碌碌无为要有意义。这样乌托邦式的意义放在现实的柴米油盐,谈婚论嫁里面显得苍白无力,但从适当的高度向下面的芸芸众生望去，那个游离人群游向边缘的人看见了更多别人看不到的风景，这既是无法否认的，也是一个生命最独特的意义之所在。

　　再说离开家的那个早上，我喝完道别的酒，二哥便将我的行李装进车里，之后示意我上车。母亲额头贴着我的前额念出了一串长长的祈愿经，我紧紧地抱了抱母亲瘦弱的身体，没再敢抬头多看她一眼，迅速转身一屁股坐进车里，眼里已经充满了泪水。就这样，恰如我13岁的时候离开家乡飞往北京，20岁飞往厦门，在我28岁的时候我又再一次同家人告别，独自踏上了飞赴大洋彼岸的求学之旅。

　　只是这一次，眼泪更加不听使唤。离开去北京的时候，我还是个孩子，父母正年富力壮，离开去厦门的时候，我是个少年，父母仍健硕，但这一次去美国，我已成人，父母却已然白发苍苍。从拉萨飞北京的飞机上，我一直祈祷两年之后归来之时父母健在，愿一家人能再一次团圆。

　　在北京首都国际机场办完相关手续，我终于坐上了飞往大洋彼岸的国际航班。坐在座位上，系上安全带，深呼吸，飞机在跑道上滑行，加速，起飞的时候，我好像又看到了十五年前的那个自己，我知道我终于实现了他的梦想，也明白我生命中又一段新奇的旅途就这样开始了，我满心期待。

轮回

演出终于结束了
戏服从我们的身上脱离
角色从我们的剧本里消失
道具从我们的手中滑落

就连导演面前的摄像机
那唯一记录我们来过的痕迹
散落一地化作了一盘散石

赤裸的导演最后也粉身碎骨
华丽的舞台四分五裂
高耸入云的楼层轰然倒塌
神圣的寺庙庄严的教堂
纷纷化为了灰烬转瞬不在

浩荡的大地

及其之上的一切

也开始烟消云散

一切归零不留痕迹

天地开始分开的时候

世间不停地轮回

一片海市蜃楼在远方展开

新的舞台更加华丽

演员们兴高采烈

导演气定神闲

摄像机更加精密

楼层更加挺拔

寺庙教堂依然庄严

又是一场酣梦开始

又是一场轮回上演

纽约和梦想

据说人在死去的时候,一生所经历的事情会像电影的胶片一样迅速地在眼前闪过。我想,死的释然的那些人是看见了一个真实、努力、有爱心的自己以及一个充满意义的人生。无法平静死去而在此之前经历长时间身心折磨的人,据说是因为看见了自造的罪孽而震乱残气或因有太多的遗憾而无法释怀。我还不能想象因为在世时罪孽深重而引起的死前的自恶(自我恶心),但我可以想象当你躺在床上同围在身边的亲人告别的时候,你突然想起你曾经有过一个美好的梦想没能实现,那是怎样悲切的遗憾,因为你知道一切就要结束了,你不再有任何重新的机会。因此,在年轻的时候,活着的时候,我们真应该常常问问自己:你有在为自己的梦想做百分之百的努力么?

这很自然地让我想起了纽约街头的一个涂鸦。在纽约的几个月期间，繁华及时尚，高楼与大厦都没有让我有特别的感触。这一切曾经在电影里是那么令人向往，但当你真的置身其中，也未必能够引起多大的感慨。由此你发现很多时候，你执着于或者迷恋某一个事物是因为你夸大了它的美丽。当然，你过多地憎恶某个人或者某个物，憎恶到想起此人此事便怒火攻心，也是因为你夸大了它的恶。

回到纽约，要说有什么让我对纽约十分喜爱，那可能只是两件极其微小的事情。其中一件就是这个小小的涂鸦。走在纽约的大街小巷，经常可以在一些墙壁上看见这个涂鸦。上面是一条鱼儿从鱼缸里面奋力地一跃，跳向大海，下面是三个朴实却十分具有力量的字：Become Your Dream（成为你的梦想）。第一次看见是在布鲁克林一个酒吧的外墙之上。后来，逐渐地发现，在纽约曼哈顿的人行道上，在废弃的电视或者床垫上，在报刊亭上，在交通灯杆之上，甚至在洗手间里的墙壁上都经常可以看见这三个字，以及右下角的那一条小鱼。走在拥挤的人群当中，不经意间在路面上可以看见用粉笔写下的这三个字。坐在出租车里，偶尔也可以看见前方车辆尾部上贴着的这三个字。这总能让我会心地一笑，感觉在接受某一个陌生人善意的激励，常常感到一阵阵温暖。

后来得知，这个在纽约街头到处存在的励志涂鸦是一个名叫 James De La Vega 的艺术家最初于 2005 年在一座砖墙之上喷漆而成。小鱼奋力跃出鱼缸的图片加上这三个简单有力的字，这个信号给许多在这座疯狂的城市当中日夜打拼追逐梦想的年轻人浩大而体贴的鼓舞，大家也开始自发地涂写和传播起这个信号来。这好像是一个梦想的传递，在这个诞生过也正诞生着无数成功人士的城市当中温暖地流传。这是我所能说出的最爱纽约的一个地方，不仅仅是因为这使纽约看起来不只是一个钢筋水泥组成的大城市，它更像是一个和睦的社区，其中的每个人在互相鼓舞着彼此的梦想。当然，最重要的还是这三个字本身的力量。对我来说，它的威力毫不亚于藏传佛教当中的六字真言。不管是你准备从现在所坐的沙发走去五千米之外的海滩，或者你正准备减掉 10 斤的赘肉，亦或者你决定辞去现在这个令人厌烦的工作却时时犹豫，念念这三个字，你总会发现其中的力量。你会发现梦想不仅美好，你还可以成为那个梦想，成为那个梦想当中的自己。

这比说"Realize Your Dream"（实现梦想）更吸引人，更鼓舞人。

喜欢纽约的另外的一个地方是它的真实。我喜欢没事的时候在曼哈顿街头漫无目的地行走。这样可以看见街上形形色色的人。每个人和每个人之间是那么的不同：那个戴着大大的耳机边走边舞动身体的黑人小伙，那个奇装异服梳着朋克头到处纹身的白人男子，那个时尚自信笑容满面的亚洲hipster，还有在中央公园里卖艺此刻却完全陶醉在自己音乐里的小提琴家。这一切如此真实，每个人按着自己的梦想生活，每个人忠于自己的内心，至少在物质条件允许的情况下。每个人也充分尊重他人对宗教、性取向，穿着打扮的自我选择。个体的差异被绝对尊重的时候，人看起来也更加自信，因为无需为了躲避什么而要打压那个真实的自己。这让我常常想起过去的一些人，一些由于彼此的观点不同而大发雷霆的人，一些无法忍受他人"怪异"的选择而冷嘲热讽的人。我至今无法理解这些人的心态。但我知道因为这些人，因为这样的文化氛围，我们当中有太多的人需要不停地捶打那个屡屡尝试露出头来的自我，捶打的自我最后或只能深深地蜷缩在

107

内心的某一个角落，或捶打的血肉模糊以至于连自己也不知道自己是谁了。这多么的可悲啊。

零碎的想法，闲言碎语。然而，最后还是要回到死亡的话题上。它可真是一个有意思的家伙，只在 GAME OVER 的时候让你清醒一下下，而就在这一下下的瞬间，让你看到了整个人生的剧情。让我们常常冥想那瞬间的几秒，你想在那个时候照见一个怎样的自己，看见一个怎样的人生。

生命太短暂。为了讨好和迎合别人或因为别人的看法而去改变和雪藏自己实在太不值得。生命太短暂，因为眼前的压力和短期的牺牲放弃宝贵的梦想实在不值得。让我们成为这条跳出鱼缸，奔向大海的鱼儿，最后到达何方不重要，但看看这瞬间充满勇气的一跃，那是多么的可爱多么的美丽！BECOME YOUR DREAM!

梦想

有一天

我听见了一阵来自远方热情的呼唤

那呼唤善意地像是在梦里

却能寻着它走进灿烂的现实当中

我着了魔般地爱上它了

我开始认真地上路

终点明确的时候方向就变得十分严肃

脚步变得格外坚定

再无心思驻足于路边的风景了

原来梦想不像想象的那样轻盈

它是增加了生命的重量

我宁愿带着梦想仅走一步

也不虚无地踏向远方

加州，加州！

如同大爱无声，面对真正大美的东西，一切的感慨会从单纯的溢美之词变成霎那间的定格：内心瞬间融化，人变得哑口无言，有时甚至会泪流满面。此次加州之行，面对好几片无以形容的风景，我曾几度恋恋不舍，恨不能将其装在行囊里打包回去呈现在父母和朋友面前。如今旅途归来，坐在安静的图书馆里，回想那片风景，不禁更加感慨起加州独有的地理风貌，它犹如壮丽的西藏山水同美丽的三亚海景之合体，却又因为它的原始和静谧而胜过这样简单的结合。

然而，同很多人一样，真正喜欢这样的旅行并非仅仅出自于对风景本身的爱恋。要说只看风景，然后把这些风景装进相机里回去给人或分享或炫耀旅途的足迹，那这旅途的钱和时间花的也太不值当。对于一个认真的旅者而言，真正旅行的意义往往不在于山水本身之间，而在于置身其中时的某处场景，某个感思，或某人某事所带给你的内心的涟漪。这样发生在一场旅途当中的感思不同于日常的感慨，极易根植于内心深处而无法忘怀。这就是为什么你请一位爱好旅行的人道出二三关于旅途的最爱，我想他大概不会通篇介绍起这座山，那条河，这些东西他或许早忘了，但他一定记得一次旅行中的某件奇闻趣事，某个故事事故，从他讲起这些见闻时眉宇间难以掩饰的兴奋和动情当中你不难发现那些故事是如何深深地触动了他。这触动，正是一场旅途能给一个旅者留下的最大财富。

话说在旧金山停留一晚之后，我和来自纽约的两位旅行伴侣对都市的繁华明显不感冒，第二天便在当地租了一辆越野车，急不可待地从旧金山出发，沿着举世闻名的加州一号高速公路一路向南。加州一号高速公路之所以著名，在于它整条线路一侧是碧波万顷的太平洋，另一侧则是陡峭高耸的悬崖山脉。

从旧金山旅馆出发之后，城市在我们身后渐行渐远，大自然开始在我们面前慢慢展开多姿的身段。汽车每向前几百米，一段不同的风景便跃然映现在眼前。路的左边，时而是陡峭的山崖群峦叠翠，时而是牧草如茵，牛马成群,有时也能看到一些静谧的小镇悠闲的沐浴在加州美丽的阳光之下,十分的安详。再看路的右边是浩瀚无边的太平洋。大海时而温文尔雅,风帆点点,碧波万顷,平静如一面镜子,时而又狂放不羁,咆哮着卷起的千层浪花几乎就要打在汽车的玻璃上。要说最美的还是那海上的日落。夕阳的余辉慢慢地将整片天空以及之下的海水照的一片金黄,然后那金黄又徐徐的谢幕将一切交还给黑暗。很多人爱日出,可我偏爱这样的日落。同日出的咄咄逼人及光芒万丈相比,我更爱这样柔美而缓慢的告别。与其站在人群中对着日出欢呼雀跃,我更愿意安静地看那柔和的金黄是如何的隐退。那不完全是一种伤感,其中更有沉静的凝视,还有莫名的感动。

旅行本身之外的

然而必须要说真正使这次的旅行变得难忘的却不只是旧金山的繁华,大苏尔(Bigsur)的树木,帕非佛(Pfeiffer)的海滩,而是一个事先未在计划中的变数。我同两位旅行伴侣在旧金山碰头以后,我们制定的旅行计划是在旧金山呆上一天之后,便租车沿加州的海岸线一路向南驶去,拜访沿路的村镇,品尝当地的美食,一直到洛杉矶。然而从旧金山出发一路开到州立公园大苏尔（Bigsur）以后，我的两位朋友已然完全陶醉在沿途的大自然当中不能自拔，以至于最后建议我们改变旅途计划，省去洛杉矶，转道驶向西部的优诗美地（Yosemitie）国家公园，并在那里露营三天三夜。我起初认为在深山老林里露营是自讨苦吃，但在朋友们的好言相劝之下，也只好勉强同意了他们的建议。从大苏尔州立公园驱车约6个小时，我们便来到了美国著名的梦幻山水之地：优诗美地国家公园。

很多美国人最引以为豪的不是发明了电，发明了车，发明了电脑，发明了网络等改变人类生活方式的美国发明家，他们经常兴致勃勃略带骄傲地聊起的是国家公园以及国家公园这个概念给人类文明带来的重大贡献。我两位同行的朋友在去往优诗美地国家公园的路上，也不断提及他们是如何提出国家公园这一概念的美国先辈。

据说国家公园（National Park）这一概念最早由美国艺术家乔治·卡特林（Geoge Catlin）提出。1832年，乔治在出游的路上，对美国西进运动对印地安文明、野生动植物和荒野的影响深表忧虑。他写道"它们可以被保护起来，只要政府通过一些保护政策设立一个大公园……一个国家公园，其中有人也有野兽，所有的一切都处于原生状态，体现着自然之美"。然而，他的这个想法真正成为现实是在三十年以后的1860年间。当时美国一群保护自然的先驱鉴于优诗美地（Yosemite）山谷中的红杉巨木滥遭砍伐而积极促请国会保存该地。同样对优诗美地的风景留连忘返的时任美国总统林肯于1864年签署一项公告，将优诗美地区域划为第一座州立公园。1872年，美国国会在《优诗美地公告》的基础上设立了美国也是世界最早的国家公园—黄石国家公园（Yellow Stone），而优诗美地也在1890年正式由州立公园升级为国家公园。

我和朋友经过长途驱车，终于来到了这座著名的国家公园。时值隆冬，天色已晚，公园里人迹罕至，零星的鸟鸣声从林子深处传来，似乎察觉到了我们的到来。我从车里拿出帐篷，来到公园里面的露营区（Camp Site）开始支搭起帐篷。两位朋友见状连说"NO,NO"，我一脸迷茫。"我们得先付钱，才能在这住下来。"我听到朋友这么说更加迷惑。在荒山野岭住宿，还需要付钱？朋友告诉我在露营区搭帐篷住一个晚上是20美元（约合人民币120多元），说这些钱是用来维护公园的日常开支。不过令人更加难以置信的是这20美元的钱还没人收，露营者要自己去公园里的付费箱付费。这样一来，在开始搭帐篷之前，我们三个人先在偌大的公园里面寻找一个据说是某棵大树上挂着的付费箱。由于天色已晚，公园里面的很多指示牌都已经看不见，因此我们寻找付费箱就变得更加困难了。开着慢车在公园里约莫绕了差不多一个小时，才在路边终于找到了一盒挂在树上的木制付费箱。把二十元卷叠起来塞进付费箱里，我们这才又回到了露营区，开始搭帐篷，生起火来。

夜晚的优诗美地笼罩在漆黑当中，除了依稀可以听到的远处还未完全结冻的瀑布声，最令人陶醉的便是天上的星星了。这样浩瀚而静谧的星空让人忘我的陶醉，没有赞叹，没有兴奋，大美融化了自己，犹如进入禅定，忘却了一切其他。

第二天一早，三个人起床，生火，喝咖啡，吃点从城里带来的灌装食品，之后便迫不及待地去领略优诗美地如诗如画的大美风光。由于时值深冬，园里鲜有人迹。我和朋友走在静谧的园区小道上，各自在各自的风景里或陶醉，或陷入深深的思考中。我们既不说话，也不彼此拍照留念。这风景，话语无法表达，镜头无法装下。如同沉沦在极大情绪里的时候，情绪会不断蔓延吞噬自己，直至自我仿佛也成为了那个情绪的一部分而开始麻木一样，在狂野、空旷、寂静、壮观的优诗美地，风光欣赏者被浩荡的美所淹没，不再有感慨，不再啧啧赞叹，只有全然的空寂，仿佛自我也变成了这片风光的一部分。

整个优诗美地公园地势落差极大，山峰、峡谷、河流、瀑布，巨大的红杉树，这些不一样的风景不断映入我们的眼帘，一起构成了园内鬼斧神工般的雄伟景色。也难怪生活于十九世纪的著名旅行家约翰·穆尔曾情不自禁地说："内华达的宝藏不是黄金，而是优诗美地的天然风景。"来到美国一年多，看惯了一如校园般精致美丽的风景区，乍一来到这没有任何人工雕琢的优诗美地，内心里对乔治·卡特林，林肯等将国家公园这一概念提及并化为现实的美国先驱们肃然起敬。试问我们的地球家园里有多少美好的风景我们已然无福享受。国家公园的概念不仅是对自然环境，野生动物的保护，更是留给还未来到世上的千千万万的后来者最好的遗产。

在优诗美地的第一天，在园里漫无目标地走走停停后晚上回到露营地，两位朋友在帐篷里写起了他们的旅行日志。我也坐在篝火旁记录着这一天的所见所闻，偶然抬头的时候看见不远处的林子深处停放着一辆房车。要不是房车内微弱的灯光在漆黑的丛林里有些显眼，夜里应该也没人能注意到它的存在。出于好奇，我放下手中的纸笔，起身径直走向了那辆庞然大物。

我的好奇心后来被证明是这次旅行中最大的一个收获。来到房车旁边，未见其人，就已经听到了一声"hi"，那是一个正坐在房车后篝火旁烤红薯的老人。"年轻人，你喜欢房车么？"房车本身对我没有什么吸引力，我过来其实就是好奇这样的深冬里除了我们还有谁会来到这个偏远的国家公园呢。没等我介绍完自己，健谈的老人告诉我他叫塞斯，并指着身前的车略带骄傲地告诉我车里除了红薯就是书。赛斯是那种说话不会注意别人的反应，一旦开口就自言自语般停不下来的人。他告诉我他已经辞掉了在洛杉矶的工作，打算在这个公园里一直住到五月份。"到那个时候冰雪开始融化，来这里旅游的人也就会多起来。"赛斯如是说，"我不喜欢喧闹，我喜欢绝对的安静"，"你知道瓦尔登么？我是说那本书，你读过梭罗的《瓦尔登》么？"赛斯终于停下来抬头看我，等待我的回答。我大学时候十分粗略地读过一次《瓦尔登》的中文译本，当时对书中的很多内容不甚理解，现在想起来也没有什么印象。我说我们还是聊聊你吧，那本书太高深了，或者说是太晦涩。我很清楚记得塞斯当时的反应。"什么？那本书太高深？你是在开玩笑吧？"塞斯的语气里甚至带着小小的愤怒，"那一点都不是一本高深莫测的书，梭罗离开康科德的闹市，来到瓦尔登湖边写这本书，就是要告诉我们一些简单的道理，简单到我们常常会忽略的道理。"

随后同赛斯对《瓦尔登》的探讨成了我这次旅行的一笔重要的精神财富。塞斯辞去工作来到深山老林里，一如当年梭罗放弃已经相对舒适的生活来到瓦尔登湖边的丛林一样，他们都对大自然、真理、人类文明等有着简单却令人心悦诚服的观点。

从旅行回到学校以后，我从图书馆借了一本《瓦尔登》，细致地阅读起来。有了这一次旅行中的见闻以及同塞斯一个晚上关于此书的探讨，书中的字字句句真真切切地引起了我的共鸣。坐在安静的图书馆里仔细咀嚼着每一句，恍若置身于瓦尔登湖畔，听梭罗娓娓道来他的所思所想。

瓦尔登

如同塞斯在优诗美地向我形容瓦尔登，梭罗在这本书里所讲的道理如湖水一样清澈而简单。我们只是需要一些安静的时间用心去感悟，感悟梭罗笔下的大自然以及关于简单，关于静谧的真理。

关于大自然

"这是一个愉快的傍晚，全身只有一个感觉，每一个毛孔中都浸润着喜悦。我在大自然里以奇异的自由姿态来去，成了她自己的一部分。" ——梭罗

我在优诗美地的时候，面对许多纯粹而原始的风景，深深地被大自然的鬼斧神工所征服。这样的鬼斧神工不同于人类的精雕细刻，它随意，放荡，最重要的是它如此真实。我想我们能够在大自然中感到其他地方未能体验到的平和宁静，就是因为我们所面对的

一切都那般的真实无误吧。人类的很多恐惧，不安，及担忧烦恼，本质上讲不正来自于对眼前人、事物以及环境的不确定感么？太多的所谓是非对错，太多的所谓真真假假，这些是非对错以及真真假假连同对它们各式各样的定义让我们犹如置身迷雾当中，诚惶诚恐。

《瓦尔登》这本书中梭罗一直在试图向我们描绘出那种山明水清，天人合一的简单而洁净的图景。在这样的图景里，梭罗寻见了他真正需要的东西，那不是浮华的虚伪，也不是道貌岸然的"文明"，而是一种质朴的平静，正如瓦尔登的湖面。

我们常常说真正的平静不是避开车水马龙，而是在心中修篱种菊。然而，对于大多数生活在闹市里面的人而言，对静谧的最初感观不往往都来自于大自然么？抽离所有的纷杂喧嚣，将自己完全置身在美丽而广袤的大自然之中，看天空云卷云舒不慌不忙，看江河静水流深不紧不慢。大自然不仅能赋予人平和的力量，也能给予人很多最直观的启发。比如滴水可以穿石，青松迎接风雨，还有石缝间怒放的生命，这一切在美好当中又释放着许多颠簸不破的简单真理。

回到拉萨之后，我也从未停止过对大自然以及其中蕴含的平静和真实的追求。拉萨周边傲然屹立的群山，头顶沁人心醉的蓝天，光这两样便能使我感到格外的踏实和宁静。事实上，除了大自然，我几乎还爱着一切使我归于平静的其他。在平静的缓慢流淌的时间里，我像一个不偏不倚的旁观者，感受变得清晰而沉静。风声、阳光、矗立在门口的大树，我听见它们低沉的吟唱，看见它们不紧不慢的逝去，我不参与到它们的缘起缘灭中，但在这恰当的距离里，在这平静的旁观中，我看见了真实，我毕生追求的真实。

关于简单

简单些，简单些，再简单点些。

——梭罗

在优诗美地二天二夜原始而简单的生活使我感受到了从未有过的平和。网络，信号，邮局，平日里赖以生存的生活必备工具越少，自身的角色也变得越为纯粹。在优诗美地公园里的三天三夜，我几乎与世隔绝，抛却了所有的身份，不再是个学生、不再是个老师，不再是个儿子、不再是同事，只是成为了两个旅行伴侣的朋友。严格意义上讲，我们三个人在优诗美地公园里各自沉浸在自己的世界里，极少交流，因此，连朋友这个唯一的角色也变得简单十分。我变成了我自己，我只需要与我自己和眼前这真实无误的大自然相处。这样的感觉犹如一条破网之鱼重又回到了浩瀚的深海当中，轻盈自由。

对于极简主义的推崇始终贯穿在梭罗的每一部作品中。梭罗认为许多人对于所谓的"现代文明"几近上瘾，很少有人停下脚步去想想这所谓的文明已经侵蚀了多少个我们原本应该简单快乐的日子。在梭罗看来，如今越发功利化的社会及置身其中的人们表面比过去光鲜，每天忙于钩织着一个变得越发复杂的人际网络和生活状态。殊不知这样的生活状态里往往隐藏着导向浮躁，嫉妒，痛苦，以及很多背离初心的情绪。我们离简单渐行渐远，因此也离常识渐行渐远。

梭罗在《瓦尔登》中说，"一百多年后的今天，这个世界依旧变得更加喧嚣。看一看嘈杂的周围，多少人忙碌于世俗应酬，疲惫于人际周旋；多少人疲于奔命，热衷于攀龙附凤，来往于豪门之间；多少人在人声鼎沸中，被尘世俗务纠缠得难以脱身，社会的竞争驱赶着人们追名逐利，尘世的欲望挑逗得人们心浮气躁。于是，宁静、平和与淡泊也荡然无存了，人们都不由自主地迷失了人生的方向。"

两百多年后的今天，情况并未好转：美国在《瓦尔登》问世后的69年经历了纸醉金迷的"柯立芝"繁荣，75年后经历"黑色星期四"，再后来是"大萧条"和"金融危机"。咆哮的消费和放肆的欲望相互裹挟了社会的理智，人心持续浮躁，生活持续变得更加复杂。在这样的时代，我们尤其需要用《瓦尔登》这样的眸子去时常打量自己的生活，把一切不属于生活的内容剔除得干净利落，减去心灵的欲望，减去生活的成本，减去文化的浮夸，减去体制的臃肿，减去经济的泡沫，减去一切看似华丽却非必须的生活方式、社会元素，去伪存真，去粗取精，简单、简单、再简单，回归到社会、生活的最基本和精致的方式当中。

关于孤独

我爱孤独，我没有碰到过比寂寞更好的同伴了。

——梭罗

孤独寂寞是我在优诗美地国家公园期间时不时映入脑海的词汇。而回到学校里重读《瓦尔登》，不难发现这本书给人的第一印象也是孤独与寂寞。纵观全书，可以看出梭罗存在一种出世情怀，仿佛只他一人上演了一场布景丰富的独角戏。当他用满含喜悦与赞美的笔调描绘他唯一的伴侣，一只鸟雀或者一小片青苔，在一个社会关系丰富的现代人看来，这的确显得孤寂。

然而，在优诗美地公园的帐篷里，我逐渐意识到一个人如果能有丰富的内心世界，能够同自己相安无事地共处，独处犹如大海的表面，看似波澜不惊，但深深的海面之下，蕴藏着五彩斑斓，奇珍异宝。在看似孤寂的独处里，有我们苦苦追寻的一切：自由，平静，真实。

周国平对孤独的状态做过三种分类，我觉得颇有道理。第一种状态是面对所谓的孤独寂寞惶惶不安，茫无头绪，百事无心，一心想着逃出这样的孤独与寂寞。第二种孤独的状态是逐渐习惯孤寂，安下心来，建立起生活的条理，用读书、写作以及其他的爱好驱逐孤寂。在周国平定义的第三种孤独的状态下孤寂本身成为一片诗意的土壤，一种创作的契机，诱发出关于真理深邃的思考。

当梭罗独自一人拿起锄头离开康城来到无人居住的瓦尔登湖畔开始劈柴、垂钓、耕种的孤寂生活体验时，我想对他而言孤独已经是周国平所说的第三种状态：一片诗意的土壤。在这样的孤寂中，梭罗透过瓦尔登湖这只清澈的眸子，窥探到了人性的深浅，预见到了我们的文明所要面临的瓶颈。

"采菊东篱下，悠然见南山"。让心灵回归大自然、回归简单、回归诗意的孤寂既是梭罗在《瓦尔登》中表述的主要观点，也是加州之行及之后重读《瓦尔登》给我带来的思考。

我想这样的回归既非固步自封，也非不思进取，它是宁静致远，是积聚力量，是不忘初心。我们已然不能如同梭罗一般抛却一切去体验孤寂的山林生活，我们也不能兴起之时便将自己随时置身于优诗美地这样的大自然当中，但至少在日常里的生活方式上我们总能做到一点点的返璞归真，在大自然的启迪下，在简单的真理里，在诗意的孤寂中以孩童般的天真和好奇去汲取生命中最为纯粹的精华。

给我一片山水

给我一片山水
　山　绿树成荫
　水　碧波荡漾

我卑微的心灵
需要山的启迪
　水的引领

给我一段时光
　早晨　清新淡雅
　午后　静谧温暖

我不安的灵魂
渴求一滴晨露的灌顶

一束余晖的抚慰

那一个清晨会成为永恒

在我漫步林中的时候

静默的高山

终于向我开口

那个午后也会变成不朽

在我凝视湖面的时候

一滴湖水

永远地安住进了我灵魂的深处

从此我便成了高山

从此我便成了湖水

狮城新加坡

新加坡（Singapore）的国名来源于"Singapura"。这个梵语单词意为狮城，其中 Singa 是狮子的意思，在藏文中亦如此。这是我能想到的新加坡和西藏之间唯一的相关点。除此之外，一个是高高矗立在地球之巅的雪域高原，一个是地处赤道附近的热带岛国，很少有人能将两个地方联想到一起。

然而，我对新加坡从小就有着特殊的情谊。这种情谊主要来源于小时候热播一时的新加坡电视剧。八十年代末九十年代初，国产电视剧还未成大气候，港台剧和新加坡电视剧占据着内地电视剧市场的大半个江山，造就了不少经典佳作。其中，新加坡电视剧又以其轻松明快的故事情节，俊男靓女的演员搭配深受国人喜爱。《烈火焚情》《法网情天》《都是夜归人》等记忆中的剧名，相信许多 70 后、80 后到现在都能叫出其中人物的名字。那是我对新加坡最初的认知：环境优美、时尚摩登。再后来，不管是新闻上还是电视里亦或是书本上每次有新加坡出现，都是以极其正面的形象出现：花园城市、东方瑞士、一流的行政服务效率、教育强国、富饶安逸，诸如此类。总之，记忆中，关于新加坡鲜有负面报道出现。这让人对这个国家的好感不断累积，想要到这个美丽的岛国上走一走、看一看的的想法也因此与日俱增。

　　心心相念，必有回响。我一直相信吸引力法则，只要持续的正向思考，所思之物总有结为果子的一天。对新加坡向往了这么久，终于在 2016 年，学校收到了国家留学基金委关于选派教师到新加坡南洋理工大学攻读硕士学位的通知。尽管已经有一个美国的硕士，但我知道这是冥冥中对于我长期以来对新加坡心向往之的一个回应。于是，我毫不犹豫地报了名。经过国家留学基金委及新加坡南洋理工大学国立教育学院的联合初审、笔试及面试之后，2016 年 7 月底录取通知书如期而至。2016 年 7 月 31 日，在从美国回来四年之后，我又坐上了飞往新加坡的国际航班，经过六个小时的飞行，飞机缓缓地降落在新加坡樟宜机场的时候，一场同新加坡的亲密接触就此开始。在接下来一年的时间里，新加坡给我留下了比电视剧里看到的更加鲜明和具体的印象。

印象之一：花园中的国家

新加坡给我的最初印象是绿。所到之处，目之所及，到处都葱郁叠翠。整座城市除了街道，几乎全都是绿色，没有裸露的地方。从邻里公园到过街天桥，从道路两旁到楼宇屋顶，乃至商厦写字楼的角角落落，无处不被绿草鲜花点缀。走在新加坡的街头，高大雄健的棕榈、笔直挺拔的椰树、根须垂挂的百年榕树、状如华冠的巨大雨树以及低矮的灌木、如茵的绿草，互相衬托互相辉映，到处一片姹紫嫣红，岛国风情流芳溢彩。

作为一个旁观者，不管在美国还是在新加坡，对于他们的好我从未有过太多的羡慕，更无因这些好在离开的时候有过恋恋不舍。别人家的房子盖的华丽精致，路过的时候会多看一眼，但没有人会想走进去住在里面。大多数的时候，看到他们好的地方，我就会思辨他们是如何做到的，他们身上有什么值得我们学习借鉴的地方，我们什么时候才能变成如此之好。

对于新加坡高达95%的绿化覆盖率，我在惊叹之余，也在想是什么使得新加坡在国家绿化方面做的如此之好。经过同新加坡同学的请教和对有关文献的翻阅，得知新加坡的绿化与政府的重视程度息息相关。

新加坡政府对于绿化的要求非常具体，从公园、绿化带、停车场到高速路、人行道、过街天桥、楼房立面等，对绿化的位置、面积、责任人都有详细的规定。作为规划建设的重要组成部分，房屋建设规划蓝图也需将绿化面积纳入其中。政府对绿化细致的明文规定加之新加坡本身适宜各种花草树木生长的热带海洋性气候，使新加坡自然地成为了名副其实的花园城市！

当然，除了这些法律上的明文规定，新加坡政府也非常重视对大众的绿化教育，从学校课程到公共宣传，处处培养民众爱护花草树木的观念。

当然，新加坡素以严刑峻法著称，她几乎所有的好一个最基本的守护者就是其极其严苛的奖惩机制。就绿化而言，政府对绿化做的好的民房不仅有相应的物质奖励，对住户也进行适当的租金减免。当然，对任何破坏绿化的行为政府也是实行最严厉的处罚。例如，在公共绿化地摘花折草将以破坏公物罪论处，罚款达到5000新元（1新币等于大约5元人民币）。

可以说，政府的重视、民众的努力、法律的严明以及有效的宣传教育，使新加坡仅用三十多年的时间就从一个昔日风雨飘零中的破败渔村跃升为全球最美花园城市。

印象之二：一尘不染的国度

对于新加坡的的干净整洁早有耳闻。但直到切实身处其中才终于明白何为一尘不染。一双白色的帆布鞋穿过两三周以后依然能洁白如初。商场地板、街头路面都无需擦拭，累了便能一屁股坐在上面休息。街上川流不息的车流中，每辆车车身干净，个个铮亮簇新，且车子体型相对娇小，看不到大马力车的滚滚浓烟。

街道上虽然人流如织，却看不到任何纸屑，更无易拉罐饮料瓶之类。就连不多见的建筑工地也被圈得严严实实，既无噪音也无飞土扬尘。

更让人惊叹的是，在这样一个一尘不染的城市里，街头却看不到一名清洁工。那么又是什么使新加坡可以保持得如此一尘不染？

如上文所说，新加坡独有的热带海洋性气候使得新加坡常年雨水充足，一场酣畅淋漓的大雨能够将整座城市洗刷一新；另一方面新加坡遍植花草树木，几乎没有留下任何裸露的土地，也就无飞土扬尘之扰。

除了天然的自然环境和绿化之外，新加坡的干净也有其严刑峻法作为基础。据文献记载，20世纪初，新加坡还是东南亚地区有名的脏乱差城市。为了改变国家形象，新加坡政府规定在公共场所无论室内室外不允许吸烟，除了餐厅等食物享用区，公共场所不允许吃喝、吐痰，违者将面临几百至上千新元的罚款。因此，在新加坡看不到大街上、商场里有人边走边吃东西，更看不到边走边抽烟的行人！

从很大程度上讲，新加坡的干净要归因于新加坡的严刑峻法。这样的严刑峻法虽然对于如今多数的新加坡人没有了意义，但对建国之初民众素质参差不齐的年代以及对于今天不断选择移民新加坡的外来人讲，这些严刑峻法的存在时时刻刻提醒着他们要严于律己，直到这样的自律变成习惯，变成新加坡人人格组成的重要部分。

印象之三：严刑峻法的国家

何谓有文化之人？这是一个自古以来贤人君子乐于探讨的话题。对这个问题我看到的最好的回答是这样的：

所谓有文化之人，无非就是对具备四种品质之人的雅称。这四种品质分别是：根植于内心的修养，无需提醒的自觉，以约束为前提的自由以及为别人着想的善良。然而，要培育梁晓声先生提出的这四种品质，特别是根植于内心的修养和无需提醒的自觉，需要个人长期以来对这些品质深刻的认识并最终将它们内化成为人格的一部分，这在现实生活中谈何容易。一个相对简单快速大规模的在民众中培养这四种品质的办法，便是通过外在的严刑峻法。

　　《后汉书·崔骃传》如此描述严刑峻法的作用："故严刑峻法，破奸轨之胆"，这与《论衡·非韩》里的"使法峻，民无奸者；使法不峻，民多为奸"有异曲同工之妙。两者都是祖宗对严刑峻法在提高和保障民众自身修养和维护整体社会氛围上所起作用的肯定。

　　对于这种崇尚严刑峻法的观点我一直有所保留，直到在新加坡的亲历印证了老祖宗的智慧。新加坡让我相信，一个社会至少在早期的起步阶段，或者在其迅速转型的过程中，严明苛刻的法律不仅是对社会以及身在其中大多数人的保护，也是促使文明修养在相对较短的时间内内化成为国民素质的相对快捷的途径。

毕竟，让每一个国民通过学习、参悟达到理想的素质修养那需要耗费多少时日。

新加坡是如此，看起来自由浪漫的美国其实也是如此。唯有民众对法律产生足够的敬畏之心，修养才能慢慢地根植于心并成为自觉，当人人得以如此的时候，一个睦邻友好的邻里关系、一个秩序井然的社会环境才变得可能。

回到新加坡，在新加坡高度发达的经济、高度文明的社会背后处处有其严刑峻法的不凡作为。这样法治的威力体现在人们生产、生活的方方面面，几乎到了看似无形却又无处不在的境界。

新加坡是当今世界少数几个仍保留"鞭刑"的国家之一。看网上对鞭刑的描写，说行刑的鞭子大约长1米，粗的一端由狱警高高举起，尖的一端重重落在受罚人的屁股上，一鞭下去就能皮开肉绽，留下终生的印记。这样的肉刑等同酷刑，在国际上普遍被认为是不人道的刑罚，新加坡也因此长期以来饱受西方国家的指责，但直到今天鞭刑仍然是新加坡的主刑之一。

在我看来，外来人对于鞭刑及其严刑峻法的的恐惧明显多过新加坡本地人。对于本地人来讲，良好的言行举止和文明修养已经深入骨髓，鞭刑等严刑峻法对他们来讲非但不是一个值得恐惧的事情，反而是一个让他们产生安全感的事情。他们知道因为这样的法律存在，他们这些良好市民才能免受"暴民"的侵扰而安心工作生活，他们整洁有序的家园才能持续繁荣安定。

而作为一个旅游业发达的移民国家，鞭刑对于刚刚踏足这片土地的游人不仅起着威慑的作用，也在帮助新来的移民者迅速形成符合新加坡国家标准的文明修养。

除了鞭刑这一"非人道"的肉刑在体现着新加坡"严刑峻法"的阻吓作用之外，新加坡在"文明"的处刑方面也充分体现着"重"字。例如在公共场所乱扔垃圾或随地吐痰，每吐一次痰罚款1000元新币，第二次再犯罚2000元新币，第三次5000元新币，再犯鞭刑伺候。不看交通指示灯，乱穿马路罚500新币，就连在远离市区的乌敏岛上，警示语上明确告知游客喂食野猪将面临50000新币或监禁的处罚。

除了严明细致的处罚条例，新加坡执法机构在执法时也充分体现了有法必依，执法必严的法治精神。

如若触犯任何条例，不论是内阁部长、学生、富豪、外籍劳工，都无一例外立即执行相关处罚条款，通过快速有效的执行力让民众信服司法的公信度，让"心怀歹意"的人相信处罚条文不仅绝非纸上谈兵，且无任何逃脱的可能。

新加坡的"严刑峻法"闻名世界，由于感觉"重刑"不符合当今世界的潮流，我也曾心存排斥。但来到新加坡之后，走在车流如织的街道上，看到车速飞快，但秩序井然的车流；看到熙熙攘攘的街道上，人们行色匆匆，却没有人随地吐痰，乱扔果皮纸屑；在地铁、公共汽车、餐厅、商场等公共场所没有人大声喧哗；烟民们自觉在街道边指定区域抽烟；在电梯上，在走廊里大家相互礼让，彬彬有礼，整个社会生活紧张而有序，社会秩序显得异常安祥。看到这一切，我明白，虽然文明的言行举止对于新加坡人来讲早已变成了习惯，但在很大程度上，我们不能否定这一切的背后都有新加坡严刑峻法无声的护卫。

印象之四：多元文化交融的国家

漫步在新加坡街头，除了干净整洁，另外一个给人留下深刻印象的便是新加坡异彩纷呈的多元文化氛围。路上来来往往的满目都是肤色各异的人种：黄皮肤、棕皮肤、白皮肤、黑皮肤。其中有华人、马来人、印度人、阿拉伯人、欧洲人、非洲人……可以听到各式各样的语言：新加坡式英语、标准英语、华语、马来语、泰米尔语。街头巷尾，形形色色的警示语和广告同时用英文、中文、马来文、泰米尔文一起组成。我想除了纽约，可能很难再找到一个如此多元化的城市。

除了肤色、语言，另外一个代表着新加坡多元文化的符号应该就是这里的宗教信仰。在牛车水周遭漫步，风格各异的宗教建筑使人直观感受到这里多元化的宗教氛围。从建筑规模来讲，佛牙寺是新加坡最大的宗教建筑了。佛牙寺是一座典型的中国式庙宇，因寺内供奉一颗释迦牟尼的佛牙而得名。在新加坡明媚的阳光下，佛牙寺寺顶金光灿灿，在周遭鳞次栉比的高楼大厦中，尤显庄重威严。佛牙寺内香火旺盛，经声不绝与耳，虔诚的信徒或跪拜，或弯腰，双手合十，闭目祈祷。从佛牙寺走上大约十分钟的路程是一座印度教寺院，寺院建筑面积不似佛牙寺宏大，但寺身金碧辉煌。从印度寺庙再往前走是一座穹形圆顶的清真寺和一座四角都是尖顶的缅甸庙。再走不远，便又是一些基督教堂和犹太教堂。

在新加坡，几乎可以找到世界上所有宗教的信仰者。他们信奉着自己的神灵，尊重着别人的信仰，在同一个国度里融洽和平的相处。

除了种族、语言、宗教，新加坡的美食也几乎融汇了全世界的各色风味，成为新加坡多元文化的另一种象征。新加坡的主要菜肴有中式、马来式、印度式三种。除此之外，新加坡也是法国、意大利、英国等欧洲菜的美食乐园。在遍布新加坡各个角落的食阁里，中餐、马来餐和印度餐厅是必不可少的菜肴。从海南鸡饭、肉骨茶到炒粿条、萝卜糕饭、叻沙再到印度煎饼、罗惹、咖喱鱼头，看着这些五花八门的各式诱人美味，常常让人感到无从下手，恨不得一一尝遍！

在新加坡这么一个小岛国，这么多不同的文化和谐共存，不同民族的人聚居一隅，相安无事，各适其所，在保留各自文化的同时又能齐心协力，共同为家园不懈奋斗，这已经成为了世界上多民族和谐共存的典范。

就其物质资源而言，世界上恐怕再找不到像新加坡这样一个一穷二白的国家。除了阳光、空气和植物之外，新加坡可以说是一个家徒四壁的国家，没有工业，没有农业，连粮食、蔬菜、水果，甚至日常饮用的淡水都要依靠进口。就是这么一个物质资源极其匮乏的国家，经过短短几十年的奋斗，如今已发展成为一个经济高度发达和社会高度文明的国家。这座绿树鲜花遍布各个角落的花园城市，其干净整洁的居住环境，完善高效的法律制度，和谐共存的多元文化，以及普遍优秀的国民素质，无不给外来者留下深刻的印象。

我对幸福的坚持

我曾是一个王
在那片美丽的小峡谷里
我有一群忠诚的子民

每天早上
涛声和鸟语当中
我们微笑着苏醒
又伴着月色和清风
我们微笑着入睡

每天每天
我们在鲜花丛中
开始进行沁人心醉的讨论
幸福是我们永恒的话题
那些鲜花和清新的水

那些自在的小鸟和丹顶鹤

也聆听我们关于幸福的讨论

偶尔也告诉我们它们简单的快乐

我们都以为这个国度的幸福指数无与伦比

有一天晚上 我们迷失在自己的梦里

时间划上了句号我们被狂风卷走

醒来我置身于一个山脚下的城市里

这里竟然没有人认得我

这里每个人都认为自己是王

没有人围坐一起进行讨论

每个人步伐匆匆追寻着什么或是被什么追

赶着

我终于找到一朵花了

在繁忙的街道边上
于是迫不及待地坐下来与花对话
继续进行那场关于幸福的讨论
日复一日我来到花朵边
于是街道边上又开了另一朵花

越来越多的花朵加入进来了
越来越多迷茫的路人也加入进来了
我赶紧抬头仰望那座山
看见有数不清的花朵
正从山顶上奔流而来
要不了多久
那些花朵就要淹没这座城市了
我满心的欢喜

泰国之行

打小喜欢跑去离家远的地方。远方对我有一种不可抗拒的诱惑。就像汪国真说的,不是诱惑于美丽就是诱惑于各种传说。泰国的诱惑,来自于她的美丽。

如今从泰国回来已然有些日子了,却一直没有动笔写这段旅行,我是想着沉淀几周,让那些真正冲击心灵的所见所闻浮现出来。可是真正动笔的时候,才发现泰国之行的每一个细节都值得记录。这篇流水账似的游记就是我此次旅行的所见所闻,所思所想。

普吉岛

11月25日,新加坡学校放假没多久,我就从捷星亚洲航空公司的官方网站花了89新币买了一张飞普吉岛的机票。11月26日,从学校搭公交到Boonlay地铁站,然后再搭地铁前往樟宜机场。晚上八点飞机起飞,九点半落地。进关手续并不复杂,只需花费2200泰铢(400多元人民币)就可以办到落地签证,整个流程简单迅速。落地后不到半个小时,我已经入境泰国。

走出普吉岛机场的时候天空下着小雨,夜色中的普吉岛同其他任何城市一样万家灯火。从出租车车窗向外望去,一盏盏孤独的灯挂在杆上,倔强地撑开一团泛着昏黄的光,一圈一圈的光晕在细雨中为路上的行人、出租车,以及遍布满街的小摩托车照亮回家的路。

我在网上订的宾馆在普吉岛巴东沙滩最热闹的一条街上。雨开始停了的时候,整个街道上音乐声四起,不宽的街上顿时人山人海。身上刻满刺青的背包客,从海滩归来手里拿着啤酒瓶的三点式金发女郎,醉醺醺牵着瘦小泰国小姑娘的欧美老头儿,性感火辣招揽生意的人妖,坦胸露乳拉扯行人的街头妓女,沿街叫卖的各种小吃摊,还有处处可见的中国旅行团,延绵几百米的街道一下子变成了世界上最热闹疯狂的一条街。

在这样嘈杂的音乐声中睡了一晚,第二天起来再经过这条街上的时候一切已然判若两个世界。整个街道此刻冷清无比,街边的店铺简陋甚至有些破旧。很难相信这就是前一晚热闹非凡，人声鼎沸的那一条街。

从这条街走出来，在清晨的海风中，普吉岛郁郁葱葱，婀娜多姿的椰树、一间间隐藏在芭蕉叶之间的小木屋、神秘典雅的四面佛像、蔚蓝无垠的天空、波光粼粼的海水以及金黄色的沙滩在眼前一一铺展开来。

在海滩边租了一辆电动摩托车，设计好路线，然后沿着海岸线一直往距酒店大约四十多分钟路程的一个观景台骑去。这条海边的路不似加州一号公路狂野和奔放，但路的右边同样是一望无际的大海，左边是星罗棋布的店铺及民房。每一间房子上面都高高悬挂着分别代表皇室、宗教及勇士的蓝白红三色泰国国旗。一路上交通颇为拥挤，但几乎听不见烦躁的喇叭声，一切就如同这里的大海，不紧不慢。

沿着海岸线大约骑行一个小时后，我就到了目的地。这是一个高高在上的观景台，从这里放眼远眺，可以看到海滩全景。金色的海岸线弯弯曲曲，蜿蜒向两边延伸。离岸不远处的椰树在海风的吹拂下摇曳着碧玉般的树冠，海岸边的岩石暗礁从这里看起来绮丽多姿，形状各异。

从景观台回头望去，可以看到不远处山头上的一尊佛像，佛像高高在上，俯瞰着山底下的岛屿，像是在悉心护佑着这片备受恩惠的小岛。

从景观台又骑行了约莫半个小时，便来到了佛像所在的山底下。

通往山头的是一条蜿蜒曲折的盘山小路。电动车每绕着山转一圈，就到了一个新的高度，就能看到一片更辽阔的普吉岛全景。这样弯弯曲曲大概骑行了一个多小时，电动摩托车终于来到了大佛像所在的山头。从这里往下看，普吉岛尽收眼底。远处的大海此刻好像是一面巨大的冰面，静若处子，零星的船只也像被冻在冰面之上静止不动。

转身，就是那尊巨大无比的观音坐像。佛像由缅甸白玉大理石雕成，造型生动庄严，神态安详，面朝东边攀牙湾，背向安达曼海，从空中，自上往下，低眉俯瞰岛上人间。

山顶的微风在耳边轻轻吹拂着，有海鸟在佛像顶上的苍穹盘旋，像是佛像的护法者。佛像下面的庙堂里传来了泰国和尚吟唱般的诵经声。我和其他游客一样跪拜在佛像面前，闭上双眼，双手合十，祈祷有情众生早日离苦得乐。

拜完佛像，从山上往下走不远是个观景餐厅。游客们纷纷在此歇足，而就在这里，我遇见了来泰国最美的一次海上日落。

从高高的观景台上往下望去，落日先是将海上的云染成了金黄，这团璀璨的金黄又不断地变换着姿态缓慢向下移动，像是宇宙大爆炸前能量的积聚，又像是某种神秘的力量正在自上而下从容降临。

太阳缓缓下落的时候，其下蓝色的海面也逐渐被渲染成金黄色，这样的金黄不似我们日常所见到的任何一种黄色，金黄里带着温暖，带着时间的力量，带着宇宙的神秘，等到太阳完全在海岸线处落下，余辉将海岸线之上的云朵变成了一团火烧云。远处的海岸线和天空此刻被金黄色连为一体，辨不清分界点。

等到大海完全被夜幕遮盖，大海上的船只纷纷亮起了灯火，从山上看，大海就像是夜空，此刻的船只就像是天上的星星，在远处若即若离，若远若近。我在旁边游客们不断的喷喷声中起身，最后眺望一眼那片余晖，戴上头盔，带着感动和温暖骑车下山，一路朝酒店方向骑去。

这样在普吉岛骑行，到处走走看看三天之后，整个岛屿被我游览地已然差不多。到了第四天晚上,把这次旅行的开销仔细做了记录,整理了下旅行中拍摄的照片,收拾完随身物品,便从手机上购买了第二天返回新加坡的机票。

收拾完东西,洗了个热水澡,正准备从柜子里拿出吹风机的时候,柜子抽屉里一份精美的地图吸引住了我。地图的边角上手写着几行简短而有力的中文:

到远方去

到远方去

熟悉的地方没有风景

这如诗句般的文字想必是上一位住在这里的游客说给自己的心情。没有太多的理解和消化,这句话立刻让我改变了原来的行程。我拿起手机退掉了回新加坡的机票,又买了一张去皮皮岛的船票,然后心满意足地躺下入睡。这是性情中人的易变之处,也是他们的洒脱所在。

皮皮岛

第二天一大早打车赶去港口坐船。

我们的船一共有三层,一二层是室内,三层是甲板,这一天天气很好，阳光明媚，万里无云，很多人都选择在三层的甲板上看海。看样子我是甲板上唯一的亚洲人，大多数乘客都是金发碧眼的西方游客。他们或站在甲板的边上看海，或者坐在甲板两边的长椅上往脸上涂抹着防晒霜，两个金发碧眼的小姑娘找不到坐的地方，索性就在甲板中间的船板上铺上毯子，当众脱掉了上衣，露出她们三点式下面呼之欲出的丰满身姿，躺在毯子上闭眼享受海上的日光浴。

船从港口开出十多分钟后，就是美丽无比的公海。大海幽蓝深静，天空万里无云，水天一色，伴着船尾一路尾随的乳白色的水花，再配上远处从深海中冒出的一座座岛礁，这个画面是我见过的最美的画面。即使，皮皮岛不好玩，这一段路程就已经是最好的风景了。我要感谢那首小诗。要不是它，我可能已经回到了新加坡。

到达皮皮岛酒店，休息了片刻之后，便去岛上转悠起来。皮皮岛乍一看有点像厦门的鼓浪屿，岛上到处是小资的礼品店、酒吧、咖啡屋，以及布满大街小巷的纹身店、药店以及潜水服务店。穿着我的丁字拖鞋，慵懒地穿梭在皮皮岛的小巷里，走走停停，和当地的岛民双手作揖打招呼,和来自五湖四海的游客寒暄,驻足观看一个街头艺人的弹唱,在沙滩上躺着看海边嬉戏的人群,此刻,心无旁骛,至真至一。

大概到了下午五点多的时候,岛上的酒吧迪吧里的音乐开始响起来了,街上的人也顿时多了起来。大概十点多的时候,海滩边的一家家酒吧里坐满了人,每个酒吧都有各自招揽生意的特色,有的表演火把秀,有的可以看泰拳,有的就是在沙滩上的躺椅上躺着吹吹风,抽抽水烟,还有的可以在海滩上看户外电影。

岛上目光所及之处全是白人,零星的本地人,女的大多数是按摩女郎,男的几无例外是船夫,还有个别在纹身店和礼品店里做服务员。比较赚钱的生意比如潜水服务,旅行社,五星酒店几乎都是白人在做。虽然如此,但我看到的泰国人都非常平和,而且几乎都是非常礼貌和友好的人。他们用泰语跟每一个遇见的人打招呼,双手合十向你说谢谢的时候,心里有一阵暖流淌过。

皮皮岛从我到达的第二天开始就下起了淅淅沥沥的小雨,所以我并未能乘船到周边的其他岛屿去看看。幸好我是属于那种 whatever 的人,对此并无太担心。我几乎尝遍了岛上的每一间泰国餐厅里的 padtahi 面,这是我的最爱,感受了原汁原味的泰式按摩,在一系列按、摸、拉、拽、揉、捏的动作中放松身心,在附近的海域潜游,领略海底五颜六色的世界。

到不同的酒吧和来自五湖四海的游客喝着酒听着音乐也是此次皮皮岛之行最惬意的部分。游客们一会儿在酒吧里面静静地听歌手深情演唱,个个像是陷入了深深的思索和回忆中,过一会儿又是跟着欢快的音乐节奏大声歌唱,一会儿又在酒吧门口的沙滩上摇动身姿,尽情跳舞。

在离开皮皮岛前的那个晚上,我来到了一个街口的音乐酒吧喝酒。这里的泰国驻唱歌手是一个非常能调动气氛的年轻人,他几乎能唱游客点的任何一首歌,边唱边摇晃着身体带领酒吧里的人们一起慢慢进入状态。

看着舞台上热情似火,又唱又跳,挥汗如雨的歌手,又看看周围这些欢快地由衷大笑,尽情舞蹈的人们,想起此次旅途中遇见的那些简单的,奔放的,快乐的人,不禁羡慕起他们。我似乎很久没有给自己贴上"快乐"这个标签了。偶尔会有"还好","也不赖"这样的生活感悟,但日常里更多的是"一切都会好起来"这样的励志句。

想到这些,不禁有些悲从中来,和整个酒吧的氛围格格不入。我又叫了一瓶啤酒,近乎悲愤地一饮而尽。酒精开始作用大脑的时候,我已经在人群中跟着音乐的节奏晃动起身体来,所有伤怀的情绪又慢慢隐去,放空的状态,凌乱的舞步中又忘记了自己是谁,此刻在何方。

这天晚上本打算早点回酒店睡觉,但是音乐太好,气氛太热烈,一玩就忘情地玩到了两点多。从酒吧里走出来,顺着门前的小巷步行过去,在酒吧拐角处昏暗的灯光下一个年轻人靠墙倚立,嘴里吐出的大把大把的烟圈在路灯昏黄地照映下特别显眼。从年轻人身边路过近看才发现这是刚才酒吧里的驻唱歌手。在路灯下,小伙子卷曲的头发已经被汗水湿透,豆大的汗珠正沿着鬓角向下滚落。没有舞台灯光的照耀,刚才那张俊俏的脸庞此刻看起来带着沧桑,刚刚舞台上激情奔放的神情也才看出来或许只是逢场作戏。我看到他向我微微笑来,就用英文问他还不下班。"Three, three go home"小伙子用简单的英文告诉我他三点才下班,说完将手上的烟头扔掉踩灭,微微一笑,转身小跑着进了酒吧的门。

回酒店的路上,我一直在想如果一个人一个晚上像那位驻唱一样声嘶力竭地带着大家唱,带着大家玩,带着大家嗨是一件多么有意思的事情,但如果每天晚上都要如此,那岂不慢慢就变成了例行工作。

虽然人们一直奢求自己喜欢的东西可以在时间上无限长地属于自己,但每个人在心底明白,那些最美好的东西都是短暂易逝的。就像这次旅途,七天是人生中非常短暂的时间,但就因为它有结束的时候才显得弥足珍贵。如果一个人一直要在旅行中度过,他总有一天会想念家里的那张大床。就像如果一个人要看一场没有 ending 的电影,那么电影就不再是一种放松和休闲,它甚至在某种意义上变成了一种折磨。再往大了说,人生又何其不是这样呢?

第二天早上七点钟,酒店叫早的电话响起。简单收拾完行李,办理退房手续,往港口走去的时候人还有些迷迷糊糊。上了船吃了颗晕船药,找了个室内靠后座位坐下,头倚着船窗,很快就呼呼大睡了。到了普吉岛,不作停留,打了个出租车直奔机场,心想是时候回到现实中去了。

飞机下午4点15分起飞,等到新加坡樟宜机场的时候已经快六点了。飞机快降落的时候,可以从机上看到不远处海上的落日,还有一水之隔的马来西亚和新加坡的城市景观。到达樟宜机场后,我坐上了去往BOONLAY的地铁,看到整洁有序的城市,匆匆赶路的行人,提着公文包的上班族,感觉一下子又回到了认真严肃的现实世界中。

旅行是离开,是对庸常生活的一次越狱。此次独自一个人从新加坡紧张枯燥的学业中抽身,将自己置身于梦幻般的普吉岛上,对这句话有了更加深刻的理解。

我想,随着我们年龄的不断增长,涉世的不断深入,在我们过去胸口翻腾的"仗剑走天涯"的激情慢慢熄灭,在我们越发顽固地相信我们所生活和认知的世界就是整个世界的时候,我们确实时不时需要这样一次旅行让我们暂时忘记自己是谁,让我们重新燃起心中的激情,让我们对这个广博的世间更多些好奇和期盼。

最后的旅途

友谊爱情以及对人生不断的感悟

伴随我一路的旅程

犹记得在日喀则懵懂少年

一心梦想外面的世界

也记得在北京年少轻狂

十足的初生牛犊劲

在厦门的海誓山盟卿卿我我

在拉萨举杯豪饮不醉不归

在劳伦斯弹琴话诗放声高歌

在加州面朝大海壮志雄心

在纽约漫步曼哈顿

感受大千世界

在新加坡奋笔疾书

钻研学问

　　在泰国独自旅行

　　观赏山川岛海

是的我独自一个人走了许多的路

　　如今我回家了

　　排着长队夹道欢迎的人群

　　那是一场梦

只看见一列到了尽头的火车静静地停靠

　　如此亲切酸楚

　　终点终归要到来

然而我还有一段静止的旅途

我将感受这座古城随着岁月的不断变迁

我将走进三十而立四十不惑五十知非

直到耄耋之年听说故人的逝去看见自己的终点
最后我要在这里被背上天葬台了
随鹫飞向高空很高很高
在还没有被太阳融化之前
最后一眼深情俯瞰我走过的旅途
那片风景如此迷人

三、信仰

幸亏是那个随意的转身，一座陈旧的寺庙便出现在她的面前，观音的慈悲，文殊的智慧，金刚的力量，许她其中之一，那路就变得宽阔，那终点就变得清晰。

出轨

某大明星出轨,满城风雨。有朋友问我,出轨的根由是什么?不知怎的,我突然想起了儿时生活过的那个村庄。彭果村方圆两百亩,60余户人家,人口区区700不到。每家每户过着日出而作,日落而息的传统生活。男人在田地里干活,女人在家里照顾孩子牲畜,中午时分女人拎起糌粑青稞酒往地里给男人送食物。晚上一家人围坐一起,女人生火烧水继续忙碌,男人盘腿而坐,喝着青稞酒,看着炉子里的火苗,不言不语。老人左手拿着转经筒,右手拿着念珠,嘴里从早到晚轻声念经也极少说话。一家人这样共同生活,却谁也不去打搅谁的节奏,这是相处的最高境界。偶尔有孩子们从外面玩完回来,在大人面前唱歌跳舞,累了跑到父亲跟前,大口喝下父亲银质酒杯里的青稞酒解渴,不久之后倒在老人怀里呼呼大睡。

整个村庄里的村民都彼此认识，家庭条件不相上下，都有几匹瘦马，几头耕牛，几十只羊，几亩田地。没有邻里邻外的相互攀比，更无其他利益纠纷可言。少有的争执也大都是谁家的小孩不小心把谁家孩子的头给打破了，或者是谁家的牛这么不懂事把谁家田里的青稞给偷食了之类云云。

　　那是90年代的事情了。到现在，彭果村不似当年。大的经济发展的带动下，有买挖掘机、运土车承担工程的，有种蔬菜水果致富的。驴啊马啊什么的已经渐渐退出劳动的舞台了。当年村里的男孩子们到了傍晚要去河边的草地将放牧的马儿拉回家里来。从河边到村的路口是一条笔直的土路。女孩子们嚼着口香糖坐在路口的石堆上，看男孩子们自路的那边策马奔驰向村里冲来，后面一路尘土飞扬，伴随男孩激昂的策马声，女孩激动的尖叫声。而如今，村里孩子再看不到这样的场面。

　　家庭条件好了，相互间的争风吃醋，羡慕嫉妒恨就多了。各种纠纷也跟着水涨船高了。但有一点一直未有变化，那就是村里几乎没有听说过谁谁出轨了，也未曾闻说谁家闹离婚了。偶尔有从别村嫁来的姑娘不堪婆婆的折腾愤然回娘家之事，除此之外，男女之事基本不会成为让人心烦意乱的纠结，当然也不会成为人们茶余饭后的话题。

我就想，这是什么原因呢？也就是回到了朋友问的那个问题，出轨的跟由是什么？既然彭果村里绝少这等事情，说明彭果村里一是没有这个出轨的根由条件，二是就算有，还有其他一种条件阻止了这种根由的滋生蔓延。

90年代的彭果，男人和女人结婚，新郎大多只在洞房花烛之夜才能正式见到自己的老婆。在此之前，他对她，她对他，一无所知。恋爱的过程被两家大人之间不多的几次沟通取代，见面当晚闹洞房，也算是正式成为夫妻了。之后的生活立马变得具体起来，男人继续劳作，女人在家忙里忙外。这就是他们所知道的婚姻生活。没有许多犹如电视等外界媒体的穿透，这种近似毫无任何婚姻观的婚姻观，一直在这个遥远的村庄里安详的存在着。

我以为这样的爱情和婚姻之所以长久，是因为它未被赋予任何美好的想像，因此人们在经历它的时候，没有情感上的得失起伏。现代婚姻一大半的出轨，应是在当下具体到柴米油盐的爱情和婚姻里无法寻见自己曾经给爱情和婚姻寄予过的浪漫主义色彩而出外寻觅。这些浪漫色彩多半来自于超越现实的各类爱情影视作品。人们的任何耳濡目染，都会受到其潜移默化的影响。彭果村的村民们在90年代时候就没有这种外来的干扰。外来信息的干扰越少，人们越能自然而然地以常识为经验生活。

现在的彭果村村庄面貌今非昔比，变化天翻地覆。年轻人开始用啤酒代替青稞酒，嘴里哼唱的也慢慢带上一些夹杂着些许英文单词的中文流行歌曲。去县城打工的年轻人有时候会把一天的工钱全花在县里的小酒馆里，大醉之后空手而归。但物质条件的好转并没有改变这个村庄基本的家庭格局以及传统的爱情婚姻。村里的年轻人依然同以往的年轻人一样通过家庭安排结婚并基本从一而终。电视媒介的新异思潮已经涌进来，离村里10几分钟车程的县城里有热辣的歌舞厅。但尽管有这些实在的诱惑，相比其他地方，这里的年轻人对爱情和婚姻的期待值没有发生大的变化。

这涉及到信仰。如果说久远前的婚姻能够相对稳固，是因为人们忙于生计无暇顾及情欲之类，那么现在外部条件已然成熟的时候，内部的精神信仰，道德约束就显得十分重要。彭果村全民信教，相信轮回报应。有个古老的谚语，村民不分老幼皆能脱口而出："父母的报应，绕山绕水的来，要等到你自己为人父母。爱人的报应骑着马儿来，负心人要立马付出代价。"这个古老的谚语涉及到因果报应，彭果村民深信不疑的真理。诸如此类的谚语、古训、经文在彭果村村民之间代代相传，成为了他们的信仰、道德和底线。

如此一来，彭果村村民们可以回答我朋友问的问题了。许多时候我们给爱情和婚姻贴上了许多过分美好的色彩，这是日后变故的种子之一。其次，朴实的爱情遵守常识，爱情到最后并非依靠情感本身去维系。维系它的变成了其他一些个人内在的品质，如道德观、责任心、信仰等。假若你没有这些主观内在的品质，但恰好其他外部客观的条件又都成熟了，例如，时间、金钱和对口的诱惑，那么出轨就成为必然了。

痴心

你爱上了一个需要新鲜感的男人

他在夜里经历又一场花前月下的时候

你还抱着枕头

独自流着天真的眼泪

那是真爱的离去你说

他从外面回来了

风花雪月地回来了

一身的疲惫

敲你的门

你竟然还有莫名的欣喜

开门上前拥抱

他演的很好

你爱的很傻

兴许你发现了他的伪装在最后

不再流泪

这叫爱的第一课

你要坚强记住

信仰

那是一个藏历十五的清晨,出租车经过布达拉宫前的时候,可以看到络绎不绝的转经人群正从布达拉宫前经过。男女老少,康区的,后藏的,推着婴儿车的,牵着放生羊的,整个转经的队伍看起来浩浩荡荡。开车的出租车司机看了看车窗外的信徒,又看了看我,然后充满忧虑地说他真替他们着急。我说你替他们着什么急。"我看他们穿着也不是说家庭条件多好,花点时间去多赚点钱改善家庭条件不是更好么?"说这话的时候,司机的语气里充满了发自内心的善意和惋惜。我本来就急着去上班,况且这又不是一个轻松愉悦的话题,因此只是嗯嗯地应付了几句,没有跟司机进行更多的交流。

但是在之后很长的一段时间里,每次看见转经的人群,这位司机的话就会在我脑海里回荡。作为一个从小在不同的文化氛围里学习和生活过的人，我不会本能地不去思辨的就去偏护谁。我倒是觉得司机说的话里有几分对又有几分错，自己也不是很能想明白。因此，就算那天决定跟司机认真的辩上一场，我也未必能辨出个所以然来。

司机的态度后来讲给朋友的时候，朋友说那是因为没有信仰才会说出那种话。我起初也觉得这事儿就是这么简单，但后来越想越觉得不对。其实不管是转经的信徒，还是开出租车的司机，都是有自己的信仰，只是他们有着非常不一样的信仰。在信仰时间就是金钱的司机看来，每天利用大好时间去转经是浪费时间，而在信仰前世今生的信徒看来，每天忙着赚钱没有转经是浪费生命。去掉它们两个程度和范围上的差别，光从其本质分析，两者都是信仰，信徒转动着经筒祈祷国泰民安，世界和平，往生极乐世界是一种信仰，司机通过努力赚钱改善自己和家人的生活条件也是另一种信仰。

因此，对于出租车司机无法理解信徒我当然不会有半点好感，但动不动自持有信仰而对他人进行道德绑架我也是极为反感的。归根结底，这样的现象是人们对信仰这么一个浩瀚的人类社会的精神现象进行了过于轻率浅显的定义所导致。

那么到底什么才是信仰呢。这本来是一个深奥的问题，深奥到最伟大的哲学家穷尽一生也给不了答案，但这同时又是一个极其简单的问题，简单到只要是个人，就可以去发问，可以去探索，可以相信也可以质疑。所以我也在此姑且一谈，权当是对自己的发问。

信仰这个词分开解释或许可以得到一个更加整体的定义。什么是信，信是确定无误的事情，是不会改变的事情。在每个人的生命中都有那么一种存在，无论你的现实状况发生怎样重大的变化，这样的存在都不会变。它一直在那里不离不弃，影响着你，指引着你。就像耶和华之于基督徒，共产主义理想之于共产主义者。

那么什么是仰？仰是高高在上，它一定比你崇高，比你伟大，比你光明，你始终想要仰望它，想要把自己融进去，奉献进去，否则总觉得不放心。

我在厦门读书时候有个朋友。他的太奶看起来是一个非常虔诚的佛教徒。坐上长途汽车去很远很远的古刹烧香拜佛，初一十五坚持吃素，三月间还要去菜市场买成袋成袋的鱼去海里放生,按说的确算是非常虔诚的佛教徒,但是他们家的神龛上供奉的却不只是观音,还有财神爷,那是道教的大神。我猜老奶奶自己也不是很清楚这些,只要是个神仙都可以拿来供奉,当然,她对神仙的好也是有前提条件的,一是要换家人平安,二还要自己往生极乐世界。

  如果用前面关于信仰的两条定义对照下就很容易揭露朋友太奶的"伪信仰"。一来,她所信仰的对象是不确定的,可以是菩萨,也可以是财神,两个不同宗教哲学体系里面的大神,因此少了信仰对象的恒定。二来她所信仰的对象并不是最高的仰视对象,她倒是希望她所信仰的对象能听命于她,为她服务。譬如保佑她的子孙,上学的逢考必过,工作的升官发财。这不仅谈不上仰视,本质上甚至变成了为自己谋取私利的工具:用她有限的自我克制,如少肉、多素、放生、敬香,来交换人生的终极目标:自己死后上西天,后代们活着发大财。且不论这世上会不会有这么好的事情,但从我个人的理解来讲,这很难算得上是信仰。

朗萨

出发的太久了
竟然忘记了目的地

回头 已然看不见母亲的叮嘱
向前 听不到儿子的召唤
幸亏是那个苦难的转身
一座陈旧的寺庙
便出现在她的面前

观音的慈悲
文殊的智慧
金刚的力量
许她其中之一
那路就变得宽阔
那终点就变得清晰

散乱的孤单

有时候，走在早晨八廓街转经的路上，傍晚布达拉宫广场的落日下，或坐在玛吉阿米看窗外行人如梭，常有感慨如此：自己在这座小城里面是一个孤单的格格不入者。

孤单其一在于，很多在别人看来理所当然的事情对于我构成不了相同的意义。

爱情对我而言不是海誓山盟，浪潮汹涌，而是一种淡淡的情愫，静静的陪伴。这样的淡静虽无惊心动魄的激情，却可以耐得住岁月的风吹雨打。在我的眼神中，你可以看见归宿，在你的归宿中，我可以不再迷离。

婚姻在我看来不是一项必须完成的人生任务，而是情到深处，无法割离而要厮守一生的庄重诺言。这个诺言经受得起柴米油盐的具体琐碎，抵抗得住花花世界的热情引诱，最重要的是它能够排除内心深处浩瀚而无边的迷离和寂寞，通过对彼此深刻的爱慕、尊重，以及对彼此灵魂所经受过和正经受的磨难的深深的理解和同情，建立起跟另外一个心灵至高而坚强的联系。

友谊在我看来，也并非舍弃自我而需要迎合彼此的牵强。它是一个可以完全忠于自己的惬意的庇佑所。我不再像以往那样乐于扩充自己的朋友圈，而是慢慢地在已有的朋友之中经过大小事情过滤出那些最纯粹的友谊。这些友谊我认为之所以可以长久，是因为他们建立在看见彼此真实状态的基础上。不管在友谊、爱情，甚至在亲情里，最真的爱并不是要绑架彼此的自由意志，而是对彼此真实意愿的了解、接受、尊重，甚至欣赏。

再说说我们的微笑。它不是我们向另外的个体屈服的表现方式，不是为了一己之利用来讨好他人的社交策略。它是内心的喜悦溢出脸上的自在美好。还有其他所有如同微笑一样本来真实纯粹的东西，它们应该一如它们本来的面目。当你将它们作为适应某一个特定社会环境下的求生技能而去扭曲和改造它们，我们不仅不能享受它们最初的美好，慢慢地它们甚至会彻底变异成某种全新的事物。最后我们改造了的不只是微笑等表象符号的本来含义，我们改造和压抑的是人类的本能情感。

最后说说梦想。梦想并非只是针对某种特定结果的努力。它是一种基本的维持有意义生命的必须元素，如同吃饭睡觉。梦想爱情，就不该将之锁定在婚姻的结局上；梦想事业，就不该将之锁定在飞黄腾达的结局上；梦想知识，就不该将之锁定在成为人上人的结局上。为什么需要牺牲实在的当下而要去为了某种不确定的明天操劳呢。当你拥有一个美好的梦想，你不仅本身能沉醉在建立和发展这种美好梦想的过程中，你对当下这一刻的忠实也必将置你于更加美好的下一刻。

孤单之一不仅如此，还有许多自身也无法探究到的所谓莫名的孤单。置这些孤单于更加孤单地步的是孤单其二，即这些孤单得不到庇佑、理解，更无后援可言。

然而虽有这些不解的孤单时常萦绕心头，我也并不觉得有什么不好。我既不被它们纠缠不休，也不沉沦在对它们的求解之中不能自拔。这些孤单有时候在我这里是一种财富。它们不只简单地发生，最重要的是它们让我思索，这种思考不仅可以让我释然，如同和一个知音诉说情怀，最重要的是我可以实在地感觉到自己不容置疑的存在。何况，我始终相信孤单并不是绝对的孤单，一定有许多散乱的孤单者居住在不同的时空里，一定有许多简单的心灵和美好的坚持在当下这幽深复杂的环境中纯美地绽放。

我甚至相信在这座小城里也有那么一些人是跟我几乎一样的。我们可能一直听着一样的音乐，看着一样的电影，读着相同的书籍，憧憬着一样的爱情，甚至看着同一个日落发出同样的感慨。我们都觉得自己不属于这座古城的主流生活；我们都喜欢在边缘地带欣赏风景；我们在朋友面前乐观开朗，独处的时候却悲从中来。

我相信在拉萨，在每一个城市的许多角落，有很多这样的人。我希望所有这些形单影只的心灵能够相见相识于一个阳光明媚的下午，相拥而泣！

从今天开始做一个幸福的人

—致敬海子

从今天开始做一个快乐的人

早早的起床 呼吸新鲜空气

向那轮崭新的太阳热情地致意

从今天开始做一个快乐的人

哼着小调去等公交车

向每一个遇见的人热情地招呼

跟每一个认识的朋友热烈地拥抱

从今天开始做一个快乐的人

寻找世界上所有美的书籍

还要去寻找这座小城里所有美味的小吃

从今天开始做一个快乐的人

义无返顾地

再去寻觅一个真正的知音

去寻找一场真实的爱情

从今天开始做一个快乐的人

不去想如何成为人上人

不去计较太多的得与失

去做一个简单的平凡人

脚踏实地地

心平气和地

享受每一天带来的那些小小的快乐

从今天开始

细心地留意那些需要帮助的人

尽自己所能带给别人快乐与方便

从今天开始

抛却心中所有的杂念
做一个简单的人
告诉自己
人生并非一场竞技
而是一段美妙的旅行

豁达

豁达的人生潇洒豪迈。凡事付之一笑。无有对事物感到不可思议的惊讶,也无有对人感到不可理喻的无奈,更无对人对事感到不可原谅的愤怒。

第一次在纽约的地铁里看见一个黑人站在车厢中央,激情洋溢地发表着自己的政治演说,痛骂美国社会的种族歧视,当时感到不可思议。第一次同沙特的同学开车去超市,行至半路,突然一帮人靠边停车做弥撒,一阵的惊慌。第一次看见印度人庆祝胡里节,手拿装满各色颜料水的气球满街追赶你,诚惶诚恐。

到如今,对于已然存在但自己第一次经验到的文化现象会感慨它的奇妙,但已没有过多的惊讶,更无恐慌。看见黑衣裹身的中东女子,碰见头戴红色辫子的康巴男人,莫惊恐,恐惧来自于你对他们预先贴上的标签。听闻马达加斯加的翻尸节,看见西藏地区的天葬场景，莫唏嘘更莫鄙夷，你的成见和不淡定来自于你对自我文化几近顽固的执着与由此产生的狭隘。

马达加斯加人将亲人的尸体从墓地里挖出来，翻个身。这在中原人看来感到不可思议，更有可能大骂岂有此理——这是以中原入土为安作为评判标准。但在马达加斯加人看来，这么做是表达对亲人的思念，非如此不可。藏人将自己死后的躯体剁为鹫食，是想做一次最后的施舍。因此，对于文化差异的豁达既来自于对其他文化的了解，更来自于一种开放的心态。

待人的豁达一半来源于感性的宽容，一半来源于理性的追问。

如果你来到一座陌生的城市，深夜被一个出租车司机忽悠多出了20多块路费，莫生气，深夜跑车不容易，就当是给了一些小费。这是感性的宽容与豁达。它当然经不起理性的追究：如果人人都如此，出租车行业会乱成什么样？如果大家都如此，投机取巧之人不就满大街跑？这样理性的拷问符合逻辑的推理，然而不可能人人都会如此感性，不是人人都会对20块钱不闻不问。但我却希望此刻的你对于一些没有触犯到你重大利益的人和事可以有这样看似愚蠢的豁达，因为理性的追究对个体而言往往会是一场闹心的经历。对于整体而言，它的结果也不总是带来革新性的变化，更多的时候是令当事人无奈，令大众怅然。

真正恒久的豁达当然来源于理性的宽恕。你此刻面红耳赤，气急败坏，手舞足蹈地辩解你的观点，指责我的愚蠢，这我理解。我的理解来源于我理性的思辨。你的观点，你表达观点的方式都是你过去经历的总和。你的出身，你的家庭环境，你的教育经历，你的耳濡目染共同打造了此刻的你。而我非常明白那些过去的经历往往并非你自己可以选择的。因此，你有这样的想法，以及你以这样气急败坏的方式指责我的观点，这是因为你无法自由选择的过去经历的总和。我只能为你感到惋惜，但绝无愤慨。

这就是理性的豁达。有了感性的豁达，加上理性的追问，还有什么事情无法消化？还有什么变故是无法接受的？

暗示

那夜

我飘旋在自己的身上

看见了陈腐的尸体

在室友的床下散发恶臭

他还在床上听着音乐静静地看书

我不敢告诉他

直到有人发现之后

当场疯掉

你是罪人他们说

我惊恐地跑出宿舍

从早上一直跑进夜的大海当中

醒来的时候还在喘着粗气

我需要游离自身之外的

一个恰当的距离

看见自己不可思议的愚蠢

和那些由此背负起来的烦恼

四、愿 景

愿所有的人在迷茫时能够碰到一本美好的书一个智慧的人,愿所有的人在失落的时总有光明能够照亮一片欢欣鼓舞的画面,愿所有的人在孤独的时总有一声亲切的问候一个熟悉的身影真挚的陪伴。

愿望

突然想在家里的院子里头种植一小片菜地。每天早上铲土、浇水，不用化肥。偶尔也在午后的太阳下，看那些初生的小苗，蹲坐在一旁，小心除去些许的杂草。

把零碎的时间播洒在这片绿意盎然的菜地里头，像是埋头写诗，认真地干活。也可以偶尔看雨水滴落在新生的萝卜叶上，闻闻湿润的土壤散发出的清新气息。寸土寸金的城市里面，喧嚣压抑的生活当中，我想要这样的一片菜地。

我想带上一本美文集，远远地走到一片乡村的田野里。

我可能不会看书，但带上它，就如同有个性格温和的姑娘在旁边一同端坐。我可以看见远处的雪山，听见溪水丁冬的奔跑，闻到雨后泥土散发出的清香。

双手枕起头，躺着仰望无限湛蓝的蓝天，如此的静谧空旷。

也看一朵云的飘飞，看她随风不断变化出的样子，像丘比特，像奔跑的骏马。

风从耳边轻轻的吹过，小草就会侧身抚摸我的脸，闻到清新的绿色。

我想一个人去一座陌生的城市，那里没有我认识的人。

穿上我肥大的短裤，拖着丁字鞋，在城市最热闹的街上慵懒地散步。

到了晚上，我还可以拿着一瓶啤酒，抽着一根烟，坐在城市夜色中的街头，看汽车飞驰走过，看红男绿女在酒吧里面进进出出，对一个经过身边的小妞吹一声口哨。

然后微醉之后躺在路边的椅子上，跟一个乞丐聊他的人生哲学，慢慢入睡，多么自由。

我想爬到一座高高的山上，俯瞰整个城市。

我可以在山顶仰望，跟盘旋之上的雄鹰对话。

它可能会告诉我关于飞翔的感觉。然后展开上臂，闭上眼睛，让大风从头上吹过，感觉头发随风飘扬的清新，像是灵魂的净身。

我还要俯瞰我脚下的尘世，可能会看见在角落里偷情的男男女女，大院深宅里达官贵人山珍海味的阔大场面，乞丐母亲给孩子街头喂奶的辛酸。当然也能看见其乐融融的一家人吃着藏式火锅，欢声笑语。

我想划一叶小舟，从拉萨河开始漂游。

河水流向什么地方，我就会经过那里。我可以看见河岸两边辛勤耕作的农民，那弯腰耕作的样子如一幅画。我还可以看见骑着自行车的背包客，用英文跟他们大声打招呼。

也许会来到异国他乡，看见印度的老人在圣河里面放上鲜花做祷告。河水湍急的时候，浪花会打到我的身上，脸上的水珠在阳光照射下像一滴滴汗水。风平浪静的时候，河面碧波荡漾，小船懒懒地前行。

我就可以躺在上面，听着水鸟的歌声，把脚放进水里，感觉水流的温柔。

我想带上我的母亲，去感受大千世界的无奇不有。

我想带母亲来到江南的一座小城镇，品味那里的悠然自得。

我想带母亲去看非洲的国家自然公园，耐心向母亲解释那是什么动物,那是什么花朵。

在纽约的市区,告诉母亲帝国大厦一共有381米。母亲的惊叹和感慨,还有手舞足蹈的喜悦,会是我内心深处无限的快乐。

因上努力果上随缘

朋友的弟弟要高考,由于家里经济条件不是很好,不能让他弟弟和其他同学一样去参加各种考前补习班。朋友心里着急,便问我可不可以给他弟弟补一个学期的英文。看着朋友近乎央求的眼神,顾及这么多年好朋友的情面,我没有多犹豫便答应了。

每周日下午,我在朋友弟弟扎西的宿舍楼下接他,然后到附近的咖啡屋补两个小时的高考常考知识点。扎西的英文基础非常薄弱,但态度非常认真,每次见面第一件事情就是从书包里拿出一个笔记本,上面用红色圆珠笔写满了密密麻麻的各种语法问题。"这是本周遇到的一些难题,老师讲了我还是不懂。"他会摸着头,要我在正式补习之前先帮他解答这一周攒下来的疑问。

离高考只剩大约两个月的时候,扎西干脆让我直接就在学校操场旁边的长凳上补习:"去咖啡屋来回太费时间了,我还有其他科目要复习。"

后来朋友说扎西为了这次高考能考好,主动戒掉了很多爱好。手机交给他不玩了,甜茶馆不去了,从学校足球队里也退出来了。"这小子视足球如命,说不踢就不踢了,看来这次是玩命了。"朋友对我说。

后来一次补习之后,我问扎西准备的怎么样了,他略带羞涩地说还在拼命准备。"这次不拼命,我就要回家种地了,不能像哥哥那样在城里生活了。"扎西把高考当成离开农村的一次好机会。他说他实在不想自己的余生在脸朝黄土背朝天的艰辛中度过。

离高考还有一周的时候,扎西又执意要我和朋友带他到拉萨周边的寺庙祈福。在每一尊佛像前,扎西双手合十,虔诚至极,闭目祈祷一切顺利的时候脊背几乎弯成了一个弓。

在哲蚌寺的大经堂里,扎西从包里拿出半打圆珠笔、铅笔和钢笔恭恭敬敬地交给了经堂里的香灯师。香灯师沿着台阶爬到了将近四米高的佛像前,把笔一一放在佛像手里,祈求神灵保佑,妙笔生花。

在摆放着《大藏经》的藏经阁里,扎西费力地从藏经架下面匍匐前行，以此祈求增长智慧。

我说你读了这么多年的书，还相信这些东西能帮上忙么。他说他也不知道，能做的要全部做，管不管用另说。

在高考的前一天，扎西又给在农村的妈妈打电话，让她第二天到村里域啦（乡神）处再祈祷域啦，保佑他能超常发挥，考上理想的大学。

高考之后，扎西近乎煎熬般地等待了两个月，最后传来的消息却让他近一年拼命的学习和考前的各种祈福变成了徒劳：他落榜了，为了保险起见填报的专科学校都没有要他。

"他八成是太紧张了，要不不至于考成这样。"朋友无奈地说。

扎西落榜两个月后的一个周末，朋友打电话说要回村里一趟，问我要不要一起去感受下农村的田园风光。我看外面阳光明媚，万里无云，是个出门的好天气，便欣然接受朋友的邀约。

车驶进村庄里的时候，天空依旧万里无云。通往村口的路的两边，人们在金黄的田地里操着镰刀，唱着丰收的歌正在欢乐地收割。我和朋友把车停在他家田地旁边,目睹着这幅繁忙的秋收画面。

"瞧,那是我弟弟。"朋友指着在一捆堆放在田头的青稞堆旁边正操着镰刀麻利地收割着的小伙子。朋友把右手的大拇指和食指拼成了一个圈,放在嘴里吹了一声带着些许节奏的响哨,他弟弟听见哨声从青稞穗里扬起身,四下观望了下,看到我们便赶紧放下手里的镰刀径直向我们跑来。

"老师!您也来啦?"扎西此刻汗流浃背,问我话的时候豆大的汗珠正从他的发间沿着脸庞向下滑落。两个月间皮肤黝黑了很多,也许是脱去校服的原因,也许是农活太累,整个人比两个月之前老成了不少。

不过令我最惊讶却不是这些。让我感到非常震惊却又格外欣慰的是眼前的小伙子笑容灿烂,精神抖擞,一点也看不出这就是两个月前拼命学习,一心想借助高考改变命运但不幸落榜的失意人。扎西跟我们打完招呼,就去从停放在路口的拖拉机上拿出了一个装满青稞酒的可乐瓶,盘腿而坐,喝了一大口青稞酒,点了一根烟,抬起头,笑着问我是不是第一次看见青稞收割的场面。然后,又从春耕到秋收向我详细介绍起了青稞种植和收割的过程。"这就是您每天早上碗里的糌粑的来龙去脉。"扎西最后笑声爽朗地总结道。

我看着眼前这个热情似火,精神抖擞的小伙子,又想起之前种种因考试落榜而郁郁不得志,甚至茶饭不思,一蹶不振的落榜生的故事,忍不住想问问扎西他是如何做到的,可我又不敢直接开口,于是就问他干农活累不累,以后还要不要再读书之类的。"干农活挺好,至少没有读书费脑子。"扎西又是一阵爽朗的笑声,"这就是命,该拼命读书也拼命读了,该虔诚拜四方神灵的时候也虔诚地拜了,可结果不由我,没办法。"

第二天在回拉萨的车上,扎西,这位刚满19的小伙子,其对待人生当中不如意所展现出的淡然令我久久为之啧啧赞叹。我问朋友得知高考结果后扎西就没有丁点的难受。朋友说那天扎西把自己在屋里关了一天。第二天出来的时候就是今天这个状态了。

我不知道扎西把自己关在屋里的那一天内心到底经历了怎样的调节过程,但我知道我们日常中许多烦恼及不快不就是出于不知如何接受生活中不时遇到的事与愿违。为何壮志难酬?为何怀才不遇?为何多情空余恨？如此种种对于命运的不公及不顺发出的拷问到最后往往只是给我们徒增了更多的烦恼，使自己变得更加怨天尤人，愤世嫉俗。也许，扎西早就知道这些道理。

　　扎西在高考之前的努力认真及其之后对待落榜的态度，不禁让我想起了佛家的一句话：因上努力，果上随缘。认真备考，结局如何，淡然处之；认真上路，至于最后到达一片怎样的风景都能坦然接受；认真浇灌养护，最终长出怎样的树木都能泰然处之。

　　如今，扎西高考落榜已经过去五个年头了，他已然是两个孩子的父亲，家里的顶梁柱，生活过的不好也不坏。没有人再会提起当年的高考，只是每次到了秋收的时候，我都会想起那个在金灿灿的青稞穗里绽放出如骄阳般灿烂笑容的扎西。每每想起，心中就会默然咏诵起这八个字：因上努力，果上随缘。

男人

男人，你的名字叫勇敢。不要在黑夜面前惶惶不安，不要在选择面前畏手畏脚，不要在乱世面前惊慌失措，不要在弓弩上弦，刀剑出鞘的时候心惊胆战。你所有的恐惧来源于你过分的细腻和缺失的担当。

男人，你的名字叫狂野。不要给爱人戴上手铐，不要给兄弟贴上标签，不要给酒杯锁上盖子，不要给梦想画上句号，不要给领土圈上边界，展开你的翅膀，任随世人不解，自由地去飞翔！

男人，你的名字叫淡漠。不要在得到的时候得意忘形，不要在失去的时候瞻天恋阙。昂首挺胸是你的姿态，大步向前是你的方向。

男人，你不要分不清聪明和阴险的界限，你不要分不清愚昧和果敢的区别。你挺拔的站立，有大地厚实的支撑，你坚毅的目光中有正气凛然的志向。

男人，你不是无情的代词。你有悲天悯人的心境让你多情，你有海纳百川的胸怀使你豁达。你厚实的掌心不是用来捋袖揎拳。它是伞，展开以后便是港湾，它是爱，合掌以后便是祈祷。

男人，你身上最丑的疤痕是嫉妒。你敏感的嫉妒里装满了对对手无奈的敬仰对自己无能的怨恨。你手舞足蹈地背后论人，流露出来的却全是歇斯底里的自卑。真正的勇士，如大山不露喜怒，如大海波澜不惊。

男人，你身上最美的色彩是黝黑。这黝黑中有辛勤的耕耘，这黝黑中有旷达的行走，这黝黑中有对大地的眷恋，这黝黑中有向着苍天深情的仰望。

男人，你的名字叫勇敢。你既有狂野的心灵，也有淡泊的意境。你的力量来自你的慈悲，你的坚毅来自你的正气。你是黑色的大山，你是蓝色的大海，你的脊背是最高的高度，承受风霜雨雪，你的脚底是最深的深度，包容是非曲直。男人，你应该是男人的样子！

归处

一万一千个日子里

生长着八万四千个法门

一万一千个英里之外

站立着你简单清澈的身影

一万一千个日子之后

峡谷深处的清泉终于停止了独唱

一万一千个夜晚之后

花田里的小木屋终于不再倔强地期待

从今往后的一万一千个日子里

我只要这暖阳下的喃喃细语

从今往后的一万一千个夜晚里

我只要这素净床褥上的琴瑟百年

话题

一直忒喜欢晚上九点到十一点的这段时间。夜像一堵浩瀚而踏实的墙,将白日里的一切纷飞拒之门外。没有了周遭的喧嚣,心灵开始平静,思绪变得清晰。不管发呆,冥想,看书,写作,或安排第二天的 to-do-list,都是一个令人愉快而极具效率的过程!

首先想起中午的午餐。和远道而来拉萨旅游的老同学吃饭。见面的一刹那有激动,有兴奋。许久不见的老同学还像当初那般活力十足。在去宾馆的车上我们聊起彼此的近况,爱情、婚姻、工作云云。当然还要聊起我们的那些同学。我只身在西藏,同大多数同学已然失去了联系,他便告诉我谁谁在哪里工作,谁谁出国定居了,谁谁爱情婚姻不如意如今如何窘迫之类。这些话题我还是爱听的,我们的谈话也行云流水,中间有两个人对彼此分享的新闻做出的各种反应:大笑，惊诧，手舞足蹈以及不可思议的表情。

聊完这些两人都颇感兴趣的话题之后，我们便去宾馆附近的藏餐厅吃饭。我介绍完一些藏餐菜肴的特色以及他接下来的行程之后，我们开始难以找到合适的话题。一是因为许久未见，大家未免已然有些生疏，二来我本身就是一个话题热情度极低的人，没有了自然而然的双方都感兴趣的话题，我通常不再愿意刻意去继续进行谈话。后来的时间两个人你一句我一句，说一些不着边际的话，而此时的我只希望赶紧结束就餐回家，我开始想念家里的沙发，电视，还有那本差几页就读完的小说。

可以说在大多数的时间里，我是一个喜欢独处的人。我也极喜欢一个人去吃饭。因为实在讨厌刻意寻找话题的聊天。既做作又断断续续。但如果你保持沉默不语，却会在社交当中被认为是傲慢无礼。其实，两个人不管是朋友还是情侣，如果无法舒适地共享沉默，那么再多的言词也无法使他们的灵魂得到沟通。还不如趁早回家慵懒地躺沙发上看电视发大呆。

友谊

有时候

电话本里所有的名字

都是你的朋友

一个高兴的周末电话

可以召集所有的人

吃饭 喝酒 唱歌

但有时候

你翻了十遍

也找不到一个名字

可以约来

讲一些深沉的心事

或倾听一些认真的建议

标签之痛

新加坡的地铁和公交车里向来安静的感人！可是那天坐在双层巴士二层，听见一层车厢里有个孩子不停地发出一阵一阵的吼叫声，听了让人一惊一乍。我心想这孩子家教可真差，不耐烦地戴上耳机听会儿音乐以求清静。车停到 JurongEast 站台的时候，正好看见孩子下车，细看才发现孩子面部有些扭曲，走路还要母亲双手搀扶，一边走着一边还在不停地吼叫。坐在旁边的人叹了口气说，这是典型的妥瑞氏症，一辈子有的受了。

我从车窗里看着走远的母子二人，拿出手机查了查这个叫妥瑞氏的疾病。手机词条说这种特殊疾病的患者说话时会不自觉地发出狗吠的声音，且摇头晃脑，身体不受控制地抖动。引起这种疾病的原因是脑基底核的多巴胺过度敏感反应，加上脑基底核与脑皮质之间出现了联系障碍。

放下手机,我开始由衷地为自己前面给这位素不相识的小朋友贴上"没有家教"的标签感到愧疚不已!

有时候,我们太急于给别人贴上"标签",太急于在离真相一万八千里之外给别人的"毛病"做道德上的审判。殊不知,每一个人本身都是自己"毛病"的受害者,都是在跟自己的"毛病"做斗争,就像这个孩子。

因此,对于别人的"毛病",不管是道听途说的还是亲眼见证的,真该多一些识辨,少一些道德绑架。毕竟,看穿了生活的本来面目,我们会明白在每一张微笑的背后都有各自的不易。

偏见

你披着威武的铠甲

举着正义的长剑

发出慷慨激昂的誓词

向一切黑恶的势力宣战

你披荆斩荆挥汗如雨

你唇枪舌剑无所不能

爱憎分明是你的性格

除暴安良是你的良心

可最终让你痛不欲生的

让你泪如雨下的

却是一只惨死在你刀下的小羔羊

你急忙回头望去你战斗过的痕迹

全都是白花花小羔羊的尸体啊

你可不是什么正义的斗士啊

你只不过是个偏见的囚徒

低处的高度

我们赞美高高耸立的大山，因为它巍峨站立傲视群雄，铁骨铮铮，千百年来不为风吹雨打所动。

我们赞美高耸入云的青松，因为它挺拔的站立坚毅果敢，不依不靠，于天地之间尽显生命张力的一往直上。

我们赞美所有高的，或者说我们崇羡所有高的，高高在上的，高耸入云的，高深莫测的，高枕无忧的，高风亮节的，高瞻远瞩的。"高"对于人性有着无法抵抗的诱惑力。

我们对高度的追求很大程度上是因为高处巍峨的气派：云蒸霞蔚，峰峦起伏，一览众山小；且同时有着傲人的荣耀：出名出彩，万众瞩目，无处不风光。

因此，人一辈子的追求不管在形式上如何多样化，归根结底来讲都是对高度的追求。

然而，苍天总爱戏弄人。纵观历史也好，仔细观察身边的例子也好，到达高处的人有的为其高高在上的职位所累，虽位高权重，叱咤风云，但重任在肩，如履薄冰；有人为其高高筑起的名声所累，虽家喻户晓，名声在外，但疲于周旋应付；还有人为其滚滚高涨的财富所累，虽盆满钵满，富贵逼人，但树大招风，担惊受怕。

"倚天照海花无数，高山流水心自知"，这是曾国藩在攻破南京，湘军势如破竹，群臣劝其自立为王时写下的十四个字。像曾国藩一样，在抵达人生最高处的时候，依然能够淡泊睿智地面对高处风景的人，他们往往低调如水，谦卑如麦。他们也因此不仅不会产生高处不胜寒的不安，将自己放置在低处的高度，展示着他们高远的精神境界，高超的人生智慧，所以他们高的纯粹，高的久远。

这就是我们为什么颂咏山谷中苍劲挺拔的大树，因为它在低谷汲取着大地的养分，托举起昂扬向上的蓬勃生机。

这就是为什么我们颂咏辽阔壮美的海洋，因为它在低洼处吸纳无数大江小河，汇聚成海，奔涌向前。

树低成材，地低成海，人低成王，低处的高度才是稳健的高度，是久远的高度。

无题

放走门口的马
抱走窗上的花
再吟那首诗歌
给正在中阴里的我

临走的时候
请留下那个门缝

让光引领我
离开这美丽
却破碎的人间

不要醒于今生
不要生于来世

直奔无始
直奔无始
没有留恋

祈祷

愿所有的人出生时健康而完整

愿所有的人幼年时被人关照和宠爱

愿所有的人童年时有美好的人和事来熏陶

愿所有的人少年时有纯真的友谊和正确的导向

愿所有的人青年时有最好的教育和最美的心理环境

愿所有的人中年时有最强壮的身体和最慈悲的内心

愿所有的人老年时能够同年轻的人健康快乐地分享

人生经验

愿所有的人死去时没有太多身心的煎熬和痛苦

而能平静地撒手人世

愿所有的人感到迷茫时能够碰到一本美好的书

一个智慧的人

愿所有的人感到失落时总有光明

能够照亮一片欢欣鼓舞的画面

愿所有的人感到孤独时总有一声亲切的问候
一个熟悉的身影真挚的陪伴

愿所有的人不管落入怎样的境地
都永远不要选择放弃善良
愿所有的人不管达成怎样的高度
都永远不要选择忘却善良

愿所有的人在被贪嗔痴三毒愚弄颠倒的时候
被喜怒忧思悲恐惊七情困扰内心安稳的时候
能够瞬间跳出一切并在一个适当的
高度照见短暂人生真正的意义

愿所有的人都被岁月温柔相待
不念过往 不畏将来
于当下里
喜乐安康 岑静无妄

后记

很庆幸，在本书的创作过程中本人得到了很多人的帮助。首先我要感谢我的父母。虽然从没有读过本书中的任何篇章，在得知我在创作之后，父亲母亲一直不忘鼓励和鞭策我的创作。不管年龄如何增长，父母的鼓舞和肯定永远是一个孩子内心深处最为期待的力量来源。

我还格外感谢次仁罗布老师。作为知名的藏族作家，次仁罗布老师十分重视对西藏文学新人的培养和提携。此次，次仁罗布老师百忙之中为本书作序，更是令我倍受鼓舞。

我也非常感谢西藏作协副主席羽芊老师、新华社西藏分社的张京品记者、西藏大学的罗爱军教授、久美然不旦老师、西藏职业技术学院的次仁旺久副教授、西藏人民出版社的格桑次仁老师、梁国春编辑、攀枝花大学的吴星辰老师以及中国国际出版集团海豚出版社的王水副社长,他们以不同的方式为本书的创作、出版提供了极大的帮助。

我还要特别感谢西藏自治区党委宣传部。本书非常有幸地获得了西藏自治区文艺创作扶持项目的支持。自治区宣传部文艺处的郭瑾女士及其他工作人员在本书的策划、创作以及出版过程中提供了许多珍贵的意见和建议。

就像自序里所说,我是无目的的写作。如果一定要说有什么目的,那就是记录自己的所见所闻、所思所想。不过必须要承认,在这样主观的记录过程中,本书从一定程度上表现了一名当代藏族青年眼里的故乡、世界及家国情怀,呈现了新时代藏族青年崭新的精神面貌和丰富的精神世界。这是本书在客观上产生的一个写作效果。

希望本人的这些所见所闻及所思所想能给各位读者带去思考,能给大家呈现当代藏族青年崭新的精神面貌,亦或只是能成为大家茶余饭后的消遣。

2019年4月26日
拉萨